Edith Freifrau von Krieg-Hochfelden
Das Priesterstrafhaus

SEVERUS Verlag

Krieg-Hochfelden, Edith, Freifrau von: Das Priesterstrafhaus. Eine Lebenschronik mit Benutzung von Zeitstudien und authentischen Quellen. 2017
Neuauflage der Ausgabe von 1929
ISBN: 978-3-95801-725-2

Korrektorat: Julia Neumann
Satz: Julia Neumann

Umschlaggestaltung: Annelie Lamers, SEVERUS Verlag

Bibliografische Information der Deutschen Nationalbibliothek: Die Deutsche Nationalbibliothek verzeichnet diese Publikation in der Deutschen Nationalbibliografie; detaillierte bibliografische Daten sind im Internet über https://dnb.de abrufbar.

Der SEVERUS Verlag ist ein Imprint der Bedey & Thoms Media GmbH, Hermannstal 119k, 22119 Hamburg

---

SEVERUS Verlag, 2017
http://www.severus-verlag.de
Gedruckt in Deutschland
Der SEVERUS Verlag übernimmt keine juristische Verantwortung oder irgendeine Haftung für evtl. fehlerhafte Angaben und deren Folgen.

Edith Freifrau von Krieg-Hochfelden

Das Priesterstrafhaus
Eine Lebenschronik mit Benutzung von Zeitstudien und authentischen Quellen

MIX
Papier aus verantwortungsvollen Quellen
Paper from responsible sources
FSC® C105338

Inhalt

Geleitwort 3

Erstes Buch 5

Zweites Buch 69

Drittes Buch 101

Schluss 139

Geleitwort

Aus dem Buch des Lebens riss ich ein Blatt,
Es war mit Herzblut geschrieben.
Ein Tropfen davon ist todesmatt
Am Worte mir haften geblieben.

Es klopfte ans Ohr mir der Pulsschlag der Zeit,
Er klopfte wie Donnergrollen …
Ich musste ihn hören von nah und weit,
Als hätte er mahnen mich wollen.

Da regten in ringender Seele sich
Die erlösenden Kräfte der Worte
Da wagte den trotzigen Aufschrei ich
Der Not, an des Todes Pforte.

Ich spreche für die, die im Elend sind,
Ihr Leid wird im Worte das meine,
Ich bin des Kampfes trotziges Kind,
Des Kampfes im Sonnenscheine.

Die Pharisäer erschrecken mich nicht,
Ich will ihre Geisel ertragen,
Mein Auge sucht Gott nur im ewigen Licht,
Den Gott, den ans Kreuz sie geschlagen.

Erstes Buch

I

Sie hatten ihn noch nicht lange aus dem Spital entlassen.

Kaum einige Tage war es her, dass das große weiße Gebäude hinter ihm versank und er wieder seines Weges gehen musste, dem Leben entgegen. Sehr langsam ging er. – Mit verwirrtem Blick, der die Fiebernebel erst kurz überwunden hatte, sah er sich alles an: die langen Straßen, auf deren Trottoirs Sonnenflecken tanzten, die hohen, unschönen Häuser mit ihren Kaufläden und Wirtshausschildern, die noch halb winterlichen, öden Gorn. Es war März. Von den Bergen pfiff der eisige Wind der Schneeschmelze, in der Sonne war es heiß. In der Landeshauptstadt machte sich die Kälte nicht so fühlbar, wie im Gebirge, dessen Dörfern sich Josef Öttinger zuwandte. Er wanderte zur Bahn, um sich in die Pfarre zurückzubegeben, in der er Provisor war. Seinen Koffer hatte ihm der Freund besorgt, bei dem er die letzten Tage verbracht hatte, ein Studienkollege aus dem Seminar, der vom Studium der Theologie zur Medizin übergegangen war. Auch der fristete sein Leben dürftig in einem dumpfen Vorstadtviertel. Wenn Öttinger, der sich noch außerordentlich matt fühlte, einem Gefühl der Freude Raum gab, so war es dem, aufs Land zurückzukommen. Er wusste mit der Stadt nichts anzufangen. Ein Gebirgskind, einfachen Holzarbeiters Sohn, liebte er das harte Leben draußen und das Unwegsame seiner ganzen Existenz.

Er sehnte sich heim, weiter hatte er keine Empfindung.
Am Strom blieb er stehen und betrachtete mechanisch die hochrauschenden Wasser. Wilde Quellen, die vom Gebirge kamen, speisten das breite Flussbett.
Nachdenklich sah er es an. –
Gehirnentzündung hatte er gehabt, war am Tod vorübergegangen. Allmählich entsann er sich. Der Winter in Habersdorf, wo er als Pfarrprovisor fungierte, war ungewöhnlich hart, die Seelsorge aufreibend gewesen. Öttinger hing an seinem Beruf mit einem gewissen Idealismus. Es wurde ihm nicht oft etwas zu schwer. Er war ein ruhiger Mensch mit viel Gewissenhaftigkeit, gutmütig und einfach. Die Krankheit war als Folge harter Arbeit über ihn gekommen. Er streckte seine hager gewordene Figur, um die der schwarze Rock bedenklich schlotterte, die Knie zitterten ihm noch stark. Ungeduldig über die eigene Schwäche schritt er weiter. Als er in die Nähe der bischöflichen Residenz kam, streifte sein Blick scheu die hohen Mauern, die meist geschlossenen Fenster. Er ging rascher und hielt sich dicht an die Wand. Es geschah unwillkürlich. Er fühlte sich dem Kirchenfürsten gegenüber in nichts schuldig, aber Bischof Vierfacher verstand sich darauf, seine Leute einzuschüchtern.
Aufatmend bestieg Öttinger den kleinen Zug der Lokalbahn, der ihn heimbefördern sollte.

II

Er war schon zum achten Mal Pfarrprovisor, eine Stellung, die Selbständigkeit und gewisse Vorrechte mit sich bringt. Vollständig unbescholten hatte er seinen bescheidenen Weg mühselig gemacht. Er war kein Hitzkopf und litt weder an politischem Ehrgeiz, noch an einer Überfülle von Temperament. Sein Pate, ein reicher Landwirt, hatte ihm etwas Geld vermacht – ein kleines Kapital, das jährlich vierhundert Gulden abwarf. Mit Hilfe dieses Einkommens erhielt er seinen Vater, der bei ihm lebte und nicht mehr arbeitsfähig war. Johann Öttinger, der zweite und mittellose Sohn, war Bauernknecht im Gebirge. Mühselig spannten sich diese Sorgenexistenzen fort.

Öttinger saß auf der Holzbank des Kupees dritter Klasse und blickte in die Märzlandschaft hinaus, die allmählich den Charakter des Flachlandes verlor, einsamer und wilder wurde.

Es ging den Bergen zu. Felsen stiegen zu Seiten der Bahnlinie an, große entblätterte Buchenwälder, in denen es zu knospen begann, wechselten mit dunklen Föhren und Tannen. In manchen Niederungen stand Wasser, hoch anschwellend stürzten die Wildbäche aus ihren Verstecken, der Boden war mit blühenden Christrosen überdeckt. Unbeschreiblich einsam hingen Häuschen und Hütten an den Abhängen oder betteten sich hoch im Schoß der kargen Gebirgswiesen. Wie ein Atemzug, der an das Dasein von Geschöpfen mahnte, stiegen die dünnen Rauchsäulchen aus den Schloten dieser Hütten. Durch das Kupeefenster strömte eine herbe Luft herein. Sie duftete halb nach Frühling, halb nach Blättermoder. Ihr Hauch färbte, zum ersten Mal seit der Krankheit, etwas die Wangen des kaum Genesenen. Er atmete tiefer. Der Zug hielt an zahlreichen Stationen und Haltestellen. Allerlei Fracht wurde ab- und aufgeladen, die Schaffner plauderten gemächlich oder tranken eins. Passagiere und Bahnbedienstete kannten einander, Witzworte, derbe Scherze flogen von Mund zu Mund. Und nie eine Eile, ein genaues Einhalten der Zeit. Immer die episodenreiche, behäbige Gemütlichkeit, das Wahrzeichen im Verkehr kleiner Lokalbahnen!

Die Marktfrauen und Händler, die aus den Dörfern Lebensmittel in die Stadt brachten, waren alle ausgestiegen. In ihren zahlreichen breiten Röcken und schweren Schuhen, die Gesichter eingebunden und dann noch mit dem langen Kopftuch belastet, schleppten sie ihre Körbe und Steigen heim, diese charakteristischen Weiberfiguren der Heimat. Nach ihnen stiegen andere Gestalten ein, Bergjäger im Lodenmantel und Stutzenhut, Holzschläger, oft gebückt und krumm vom Steigen, Flößer und Krämer, mit schweren Butten hochbeladen. Sie rauchten ihren schlechten Tabak, ließen ein Fläschchen „Kranawetter" kreisen und erzählten langsam, umständlich von ihren wichtigen und bedeutsamen Dingen. Wie im Traum hörte Öttinger den altgewohnten Dialekt und die langatmigen Reden über Verhältnisse, die er so gut kannte, in denen er geboren war. Mit einem Wohlgefühl des Geborgenseins schloss er die Augen. In Liebening, der letzten Station vor Habersdorf, stiegen wieder Leute ein. Der Pfarrprovisor sah sie nicht an, er lehnte halb schlummernd in der Ecke, da fühlte er plötzlich, wie man seine Hand ergriff und küsste. Er schreckte empor.

„Ehrwürden, meiner Söl, du bist's! Dös is a sakrische Freud' übereinander! Mir hab'n frei schon glaubt, er hat di' g'langt (erlangt), der mit der Sensen! Und derweil kimmst jetzt z'ruck zu uns!"

„Ja, ich komme zurück, Girg", sagte Öttinger froh. Sein Blick haftete auf dem mageren braunen Gesicht des jungen Holzknechts, das wie gegerbt aussah. Es war ein sehniger Bursche mit kleiner gedrungener Figur. Von seiner Stirne bis auf die Wange herab zog sich eine erst kurz vernarbte, tiefe Schramme.

„Schaust mi' an, wie's mi' zeichnet hat, gelt, Ehrwürden! Dös is die Wund'n, z'weg'n derer du hast so a Krankheit leid'n müss'n!"

„Nicht allein deswegen! Red' dir doch das nicht ein, Girg. Ich hab' mich im Allgemeinen überarbeitet und vielfach verkühlt in diesem harten Winter."

„Dös moan i mal selb', geistli' Herr. Wia'r du umanand g'rennt bist, bei der viel'n Krankheit, dös is frei arg g'wen. Schier a Holzer hat's no' leichter. Neunhundert Seel'n und alle verstreut in die Berg, sieb'n, acht Stund' weit, un dazu an anziger Geistlicher, dös is do' scho' a Dunnersg'frett!"

„Mir ist's nicht zu viel", unterbrach ihn Öttinger hastig.

„Moan's do, 's sollt dir z'viel sein! Täg', ja oft a Wochen bist den Winter nöd aus'n G'wand kema, du Sakra! Nix für unguat, du Ehrwürd'n hab' i sag'n wöll'n. Und wannst du in Jänner, wia'r mi' der Baumstamm in der Nies'n derhaut hat, nöd jed'n Tag zu mir ausig'stieg'n wärst, wo wär' denn aft i' jetzt, he? I' woaß wohl, i' hätt' d'ran glaub'n müss'n! Der Doktor, woaßt, der is a mal kema, hat mi' ang'stiert, wia'r a Kalb an Ochs'n, und hat g'moant: ‚Aus is'. Nix z'mach'n, der Schädl is eing'haut und vom Baum is was in's Hirn einidrungen.' I' soll mi halt z'sammricht'n auf's letzte End'. 'S war aso weit, i' brauchat eahm neama in die Nies aufisprenga. Er werd' glei di' schicka, du bist jetzt da der Notwendige. Weißt no, wia'st dann kema bist mit'n Allerheiligst'n in Schneeweh? Mi' hat's Fieber nur aso g'schupft, wia'r auf'n Tanzbod'n, vor Hitz bin i' schier g'sprungen und d'Mutter und dö Mareisl hab'n no allweil eing'heizt, weil's halt g'moant hab'n, schön warm halt'n. Du hast mi' vasehn, und i' hab' d'r beicht, wia'r oft i' g'rauft hab' auf'n Sonta' und dass i' zwoa Dirndle mehr 's Heirat'n versprocha hab', als wia'r is halt'n kann; und aft hab' i' mi' halter z'recht g'legt zum A'fahrn. Da hast du mei' Wund'n ang'schaut, weißt no? Und hast mir dö Umschläg' g'macht und mi' pflegt die ganze Nacht, bis s' di' fortg'holt hab'n. Und oft bist wiederkema. Allweil wieda, b'sinnst di' no', geistli' Herr?"

„Ja, ja, aber jetzt ist's genug davon, Girg."

„Na, no' lang nöd. I' moan, du kunnst es vergess'n haben in dein Kranksein und da mag i' d'r a weng an Merker geb'n, dass d' es woasst, der Girg in der Nies'n, der is d'r aus der Weis' Dank schuldig. Ohne di' wär' i' g'storb'n, geistlicher Herr. Mir is schier verwunderli', wo du dös g'lernt hast, so mit aner Wund'n hantier'n, g'scheiter wia'r dö' Schmarrndoktern, die s' für uns guat g'nug find'n."

„Ich war viel unter Medizinern, Girg. Es kann nicht schaden, wenn ein Geistlicher auf dem Land auch ein paar Handgriffe dieser Art weiß."

„Moan's wohl! No' dazua, wo mir so oft ganz ohne Dokter sein, wia'r g'rad jetzt wieder!"

„Was?"

„Der Gamsleder hat si' total versoffen, woaßt ja'n, wia'r er scho' in Winter g'wen is. 'S Weib, aso a sakrische Stadtfreil'n, is eahm nöd blieb'n, weil ihr's auf'n Land z'fad war. Auf und davon is s' zu Verwandten. Aft hat er's Wirtshaussitz'n ang'fangen, fein stad z'erst, schon goach aft, bis er aus'n Rausch gar nemma außi g'schlof'n is. Heut' werden's zwoa Wochen sein, do hat er'n Gamslederwirt statt anu Rhabarbertinktur an Insektengift oder so was eingeb'n. Der Gamsleder hat schier g'moant, 's hupft eahm 's Bäuschl aus'n Leib und 's letzte End' is kema. No aft haben's 'n expediert, 'n Gamsleder, und mir sitz'n iatzt (jetzt) da mit häufti a Krankheit und ohne Dokter. Hol's der Teufel – nix für unguat, Ehrwürden, dös G'frett bei uns in die Berg! Wie wenn mir gar koane Menschen warn, so schlecht bestelln's uns; nur beim Steuerzahl'n, da sein mir just aso viel wia'r a jeder." Der Girg spuckte wütend in seine breite, braune Hand, dann nickte er der gleichgesinnten Umgebung zu, die ihm beifällig zuhörte.

„Girg, du sollst nicht murren, bist mir am End' verwildert!", sagte Öttinger gutmütig. „Hast mir Schand' g'macht bei meinem Stellvertreter. Pass nur auf, er wird mir alles erzählen."

„Der wird dir nix verzähl'n, Ehrwürden." Der Girg grinste gemütlich und spöttisch.

„Warum nicht?"

„Weil er gestern Abend scho' fort is, z'rück auf W. Er hat ja nur g'wart drauf, dass er wieder heimkimmt, hin, wo die Straßen mit Drottoirs auspickt und dö Kirch'n voll noblige Leit' sein. Der is nix für uns g'wen, der Herr Hamerlan. Dös is a Städt'scher, sag' i' d'r! A fein's G'redt und a z'widers G'schau und aso a g'wisses ‚Kimmt's mir nöd z'nah', so a Getua, wia'r wann er nöd Pfarrprovisor zur Aushilf in Haberndorf war, sondern an alte Freil'n in der Sommerfrisch! So aner kann mi' gern hab'n, sag i', der versteht si' ja nöd amal auf die Sünd'n von so an Holzknecht, wia'r i' aner bin. Der is nur für a noblige Sündigkeit eing'richt'. Dös is nix für uns, sag i'! A Geistli', der was richten will mit uns, der muss an Unsriger sein, mit unsern G'redt. Wo uns der Schuach oder wia's gerade ist, der bloße Fuaß druckt, da muss er eahm a drucka. Er muss wiss'n, wia'r ma uns zusetza muss. Nöd nur si' ab und zua a weng g'moan macha. G'moan sein muass er, mit an Verständnis für unsern Schlag. Der Hamerlan, dös is nix wia'r a so a Stadtg'wachs g'wen, alleweil verkühlt, voller Bültung, kan Einsehn und ka Gehwerk. Der hat nix g'richt mit uns", konstatierte der Girg befriedigt.

„Schämt euch! Aber ich weiß selbst nicht, warum der Bischof gerade diesen kränklichen und unerfahrenen Herrn geschickt hat, der immer nur an der Pfarrkirche tätig war und nie selbständig."

„Leicht hat er a Landluft braucht oder a Straf', nöd so groß, wia'r wann er auf Niedertal hätt' müss'n, nur a weng was."

„Girg!"

„Oder sie hab'n g'schwind koan g'habt, der di' vertret'n hätt'. Wird ja bei uns allweil größer, der Geistlichenmangel. Möch' wiss'n, an was das leicht liegt. Fromm g'nua sei mir ja allweil no' in die Berg und an jede Muatta träumt si' ihr'n Bub'n geistli."

„Antwort' mir lieber, statt dir unnütze Gedanken zu machen, Girg. Hat meine Gemeinde mir Schande gemacht? Habt ihr zum Dank für all die Mühe und Aufopferung, die ich euch widmete, Herrn Hamerlan nur hässliche und rohe Seiten, nur Ungehorsam gezeigt?"

„Na, na, Ehrwürd'n – na!"

„Sag' die Wahrheit. Um dich hab ich's nicht verdient, dass du mich zu Schanden machst."

„Weitaus nöd, weitaus!"

„Also, wie ging es zu?"

„Na, beilei' nöd arg aus der Weis, moan i."

„Aus der Weis? Wie ist das gemeint? Als ich fort musste, hatte ich euch so weit gebracht, dass ihr eine ziemlich ruhige, moralische und fleißige Gemeinde wart."

„Sel wohl. Hast dir's a g'nua kosten lass'n; no' mir hab'n uns ja a ang'strengt, dass mir was vorstell'n dir z'liab."

„Mir zulieb, Girg!"

„A wohl. Uns selm is's wurscht, woaßt! Wurscht und alles oans. Mir wissen's a, dass mir allweil dö ,Rohen', dö ,ganz Ordinär'n' sein. Aso a hart's Leb'n und dazua no' so viel guat sein für nix und wieda nix!"

„Girg! Für die Sache selbst."

„A geh weida, geistli' Herr. 'N Holz in der Nies'n is dös ak'rat egal, ob's a Holzknecht dauni bringt, der heili' is, oder an Arger. Na, sei nur nöd harb derentweg'n, dass i' das sag'. Wir hab'n uns ja ang'strengt, dass mir'n Hamerlan an Eindruck macha, aba ..."

Der Holzknecht stockte.

„Nun, aber?"

„Ich mag di' nöd gift'n, i' halt liaba 's Mäul. Bein Hamerlan hat es nöd verfangt, dös moralisch sein wölln, weng saufa und nur grad 's Notwendigst am Sonnta' raufa, nur so viel, dass a Mensch a Mensch bleibt. Dös war nöd sei Sach, wia'r mir dös halt'n tun, hat er g'moant, aba …"

„Aber?"

„Geh, sag's du, Flößer Lois, was er g'sagt hat. I' mag nöd."

„Er hat g'sagt, Ehrwürd'n, du hätt'st bei deiner G'moan z'weng auf's echt religiöse G'fühl g'schaut; was ma aso 's politische Moment nennt, dös ganget uns ab. 'S Interesse für dö Kirchenpolitik. Du hätt'st uns d'rauf nöd abg'richt'. Na und dös soll weit g'fehlt sein bein Bischof. Du bist nicht recht g'eignet für a selbständige G'moan, hat er gesagt, in Wirtshaus bein Gamseder! Unsereins is fuchti' worden, a Streiterei hat ang'heb'. Mir hab'n di außg'strich'n, dass d' a guater Mensch bist und a rechter G'weihter, allweil da, und beinand, wo's Elend, der Zweifel und dö Krankheit haus'n. Und koan Eig'nnutz in dir, koa dö Leut' anschleich'n und beerb'n wöll'n. Koa Wahlhetzerei. Mir sein zwoa Partei'n durchanand keman und aft is g'rauft word'n, aber g'sund sag' i' d'r, wia schon lang nöd. 'S halbe Habersdorf is 'n nächst'n Tag vabund'n umag'stotzt mit blüatate Nas'n, und der Schirger Sep und der Soneder in Grund, dö finden an etli' ihrige Zähn' bis zum jüngsten Tag neama. Der Hamerlan is häufti fuchtig g'wen, dass sogar aso a rohe Bagagi, wie mir in Habersdorf ane sein, dir aso anhabi is."

„Er hat gesagt, dass ich nicht zur selbständigen Seelsorge tauge?"

„Sel wohl. Nöd einmal nur hat er dös g'sagt, moan i."

Stumm blickte der Provisor vor sich nieder. Seine Lippen zitterten. Kaum von schwerer Krankheit erstanden, wandelte es ihn wieder an wie Todesschwäche und Fieberfrost. Aber das war nicht körperlich. Mühsam verbiss er seine Qual.

Die zwei Habersdorfer in ihrer furchtbaren, aber ganz harmlos gemeinten Aufrichtigkeit beobachteten ihn ängstlich.

„Mi' ziemt, di' hat's no', Ehrwürden", sagt der Girg gedrückt. „Geh, tua'r an Schluck. Aso a Kranawetter, i' moan's halt ja, gelt Flößer Lois, der schiebt dö verschöbenste Söl und'n Mag'n allweil wieda in's richtige G'leis."

Öttinger lächelte gezwungen. Hastig schob er das angebotene Fläschchen zurück: „Ich dank dir, Girg. Damit ist's aus. Ich soll nie mehr etwas Geistiges trinken."

„Was? Wer hat dös gesagt?"

„Alle Ärzte. Nach einer so schweren Gehirnentzündung kann jeder, auch der harmloseste Trunk, selbst der Biergenuss, bedenkliche Folgen haben."

„O du mei! Frei han i' liaba koa G'hirn, das der Red' wert is, als wia dass i' aso a G'frett derleb damit. Koa Bier! Ja aber, was machst denn aft, wannst ins Wirtshaus gehst?"

„Ich gehe eben nicht mehr ins Wirtshaus."

„Ja wannst dös allweil meid'n kannst, Ehrwürd'n! Dös is no' schier a Glück auf Habersdorf, dass d' z'Haus dein Sein und 's Verpfleg hast und 'n Vatern bei dir."

„Ja, es ist ein Glück", sagte Öttinger schwer atmend.

Der Zug näherte sich dem Ziel der Reise. Der Flößer Lois und der Girg hingen ihre Mäntel um, feuchter Loden- und Tabakgeruch dampfte in dem engen Raum.

„Mi' ziemt allweil, dös war besser, der Hamerlan war nie als Aushülf kema", bemerkte der Flößer nach einer Pause.

„Er hat si' ang'stellt wia'r aner, der g'schickt is zum Ausspek'liern. Und wia'r oft hat er ang'spielt auf dein Geld, was du hast, geistli' Herr. Na, er is z'rück auf W. Gott g'segn's eahm. Er hat uns und wir hab'n eahm nöd guat tan. Is recht, dass 's letzte Wort g'redt is, von eahm."

„Das gebe Gott", sagte Josef vor sich hin, leise, inbrünstig.

III

Als er in Habersdorf ausstieg, begrüßte ihn ein vielstimmiges Hurrarufen. Eine Menge Menschen in Sonntagskleidern stand da, um den Genesenen festlich zu begrüßen. Er wurde umringt, man schüttelte ihm die Hände, die unvermeidlichen Böllerschüsse krachten. Es war ein vollständiger Empfang, etwas, das den Habersdorfern nicht ähnlich sah. Sie waren keine zahme Gemeinde, sondern zählten viele Unruhstifter, trotzige und gewalttätige Personen zu den ihren. War es der Kontrast zwischen Hamerlan und Öttinger, der sie zu dieser Demonstration veranlasste, oder hingen sie wirklich an dem Provisor, der seine Priesterpflicht einfach, aber sympathisch auffasste und keinen Parteienhader begünstigte, jedenfalls offenbarten sie dem Heimgekehrten so viel Freundschaft, als ihnen zu offenbaren möglich war.

Öttinger zeigte sich zuerst verwirrt, fast erschreckt. Nach der langen Stille in den Mauern des Krankenhauses regte ihn alles auf. Auch fürchtete er jede öffentliche Kundgebung. Er wusste nicht, wie Vierfacher, der Bischof, sie auffassen werde. Keinem Sklaven zur Römerzeit mochte der Begriff von Unterwürfigkeit und Kleinheit dem Herrn gegenüber so unerbittlich eingeprägt worden sein, wie dem niederen Klerus seine Stellung zu diesem Kirchenfürsten. Gehorsam und Unterwürfigkeit wurde schon im Seminar eingepflanzt. Ein selbständiges Denken und Handelnwollen, ein Widerspruch kam der Todsünde gleich. In der Zeit des Priesterhasses und Priesterkampfes mit sozialen und wissenschaftlichen Neuerungen litt der niedere Klerus weit mehr von manchem seiner Vorgesetzten, als von dem Ansturm der Freidenker und Kirchenfeinde. Eine geistige Folter stand für diese jungen Menschen bereit, in denen der Prozess inneren Werdens gehrte, so gut und so schlimm wie in jeder Menschenbrust. Sie sollten nicht werden, sie mussten sein. Das sein, wozu man sie machen wollte, nur das, nichts anderes. Der Individualität wurde kein Recht eingeräumt, keines dem Kampf um sein Selbst, der absolut in jedem vollwertigen Leben seine Stunden hat. Es wurde nie überzeugt, nur befohlen. Öttinger wusste auch, dass von Vierfacher die Beliebtheit eines Landgeistlichen nicht gewünscht wurde, so wenig als ein König die Popularität seines Thronfolgers gerne sieht. Der Priester sollte beeinflussen im Sinne seiner Instruktionen. Er sollte Macht erlangen und gebieten. Geliebt zu werden, als Mensch dem ihm anvertrauten Menschen nahezustehen, brauchte er nicht.

Das wusste Josef Öttinger so gut, wie es alle wussten, die als Kameraden seine Lehrjahre geteilt hatten. Darum war seine erste Empfindung über die Freude, die man ihm bereiten wollte, ein dumpfes Erschrecken, das ihm kalt ans Herz griff.

Dann aber ging ihm dieses Herz doch auf; dem Kopf mit seinen quälenden Gedanken zum Trotz. Er konnte es nicht hindern. In der blitzenden Märzsonne, die hier leuchtend über den gelben nassen Wiesen und schmucklosen Gorn lag, flutete es über ihn hin wie ein Strom neuer, starker Lebenswonne. Die Luft war rein und scharf, der Himmel glänzend blau, es war, als atmeten die Gebirge tief auf voll Lenzahnung. Ein Heimatgefühl, ein Gesundwerden durchströmte glücklich den Menschen, der ängstlich gewohnt war, jede natürliche Empfindung einzudämmen oder ganz zu unterdrücken. Unwillkürlich reckte er seine etwas gebückte Gestalt und schüttelte die Hände, die sich ihm boten. Er fand den rechten Ton, ein warmes, fröhliches Wort.

„Speer bist word'n, aber austauscht haben's di' nöd, Ehrwürden!"

„Allweil gern siacht ma' dei' G'sicht, allweil gern!"

Und sie lachten und erzählten ihm, was es Neues gab im Lande. Von Hamerlan sprach keiner. Sie hatten sich ihm, gereizt durch manches in seinem Auftreten, nicht von ihrer guten Seite gezeigt, ohne zu bedenken, dass sie damit seinem Vorgänger schadeten. Wie eine warme Welle strömte ihr Willkomm über Öttingers Herz. Er ahnte nicht, dass es auf Kosten Hamerlans ging, der diese Gemeinde empört ein zuchtloses Gesindel genannt hatte. Frohen Sinnes fuhr der Provisor auf dem kleinen Einspänner heim, den ihm der Wirt gesandt hatte.

Vor den zerstreuten Hütten standen die Leute und grüßten ihn, er sah jeden mit Interesse und Freude wieder. Neben der Kirche, die sich mit ihrem Friedhof in den Schatten feuchter, ansteigender Waldhügel schmiegte, lag das Pfarrhaus. Es war sehr primitiv und machte einen nüchternen Eindruck. Ein Krautgarten, von Stachelbeerbüschen umrandet, war der Eingang. An das Haus stieß ein kleines Wirtschaftsgebäude mit zwei Scheunen. Alles lag im grellen, kalten Licht des halb winterlichen Tages armselig da. Aber Öttingers Augen begrüßten es strahlend. Es war eine Heimat, die ihm Erinnerungen bot, in der er Wurzel gefasst hatte. War es auch sein Los, allein zu bleiben, traten ihm nie an der Stätte, an der er aufreibend arbeitete, Weib und Kind entgegen, die mächtigen Faktoren, die zur Arbeit anspornen und ans Leben ketten – einer erwartete ihn doch hier: sein Vater. Er stand unter der niederen Türe, ein greises, gebrechliches Männchen, das nicht mehr arbeitsfähig war, und beugte seinen weißen Kopf, den Segensspruch des geistlichen Sohnes erwartend. Er zitterte stark, in großer, beinahe kindischer Erregung. Sie küssten einander nicht, das war nicht Brauch im Land unter Männern. Aber dem Alten kam ein Weinen an, und der Junge legte ihm den Arm um die Schulter und gab ihm einen innigen

Blick warmer Liebe. Er ließ sich in die Stube führen, wo sie zu essen pflegten. Sie war bäuerisch derb eingerichtet, kalt, aber sauber. Auf dem Tisch stand Most und Brot. Josef aß und der Alte saß daneben und sah ihm zu, in Zwischenpausen Bericht erstattend, zerstreute Fragen stellend. Er war hoch bei Jahren, Josef sein jüngster Sohn.

Alle übrigen Kinder hatte er begraben, nur der ältestes arbeitete als Knecht auf einer Hub hoch in den Bergen. Vor Jahren schon hatte den Mann der Schlag gestreift, sodass er sich nicht mehr verdingen konnte. Als sein Weib starb und die Kinder ihn weder zu sich nehmen, noch bei ihm bleiben konnten, blieb er allein in seiner verlassenen Keusche im Hochgebirge. Sein Sohn Johann zahlte ein paar Gulden von seinem Lohn und kam allsonntäglich den weiten Weg von sechs Stunden gegangen, um des Alten Stube zu fegen und ihm für die ganze Woche Kaffee zu kochen. Josef, der als Kaplan auf den schlechtesten Pfarren fror und darbte, gab, was er geben konnte. Das rasende Mitleid, die Angst um den alten Mann, der mutterseelenallein, halb gelähmt, im wilden Gebirge seine Tage verlebte, fraß ihm das Herz ab. Er selbst war im Elend, in grenzenloser Abhängigkeit. Als ihm sein Pate ein kleines Kapital hinterließ, unterstützte er den Vater nach seinen Kräften. Er wollte ihn in Kost und Wohnung zu guten Leuten bringen, allein der Öttinger Sepp war bockbeinig und schwer zu behandeln. Eine Magd und Pflegerin, die ihm der Sohn mit großen Opfern zu halten bestrebt war, trieb er fort und versperrte ihr seine Türe. Fort aus seiner Hütte zu Fremden wollte er nicht. Wenn er schon auswandern müsse, dann zu einem der Söhne. Heiß hatte Josef damals seine Selbständigkeit angestrebt; sie war sein Recht, eine Sache eiserner Notwendigkeit geworden. Seine Erbschaft warf ihm im Monat eine Einnahme von etwas über dreiunddreißig Gulden ab. Er brauchte das Geld, um oft den nagendsten Hunger zu stillen, für die nötigsten Bedürfnisse zu sorgen. Als Kaplan war er so schlecht gestellt, dass er seinen Bruder, den Bauernknecht, beneiden lernte. Solang die Mutter lebte, murrte er nie. Er hielt aus, blieb unbescholten, ließ sich in die schlechtesten Pfarren unter die Botmäßigkeit gefürchteter Pfarrer schicken und mühte sich ab mit seiner Pflicht. Als aber die Notwendigkeit, den alten Mann zu versorgen, gebieterisch an ihn herantrat, machte er seine Eingabe um die selbständigere Provisorstelle, die ihm längst gebührte. Es war nicht lang nach dem Antritt seiner Erbschaft, dass er, den man nie beachtet hatte, eine solche Stelle plötzlich anstandslos erhielt. Er vermochte sein Glück kaum zu erfassen. In der ersten Pfarre, die eine sehr gute war, ließ man ihn nur kurz. Er nahm sogleich den Alten zu sich, den er in einem Zustand der Verwahrlosung in seiner dumpfen Kammer brütend fand und mit mühevoller Sorge wieder zum Menschen machte. Alles ließ sich gut an.

Es schien ihm, dass man ihn hohen Ortes aufmerksamer beobachte, besser behandle, als früher, da er bettelarm gewesen. Dankbar machte er sich mit Pflichteifer an sein Amt.

Er hielt sich gut. Aber er wanderte von Pfarre zu Pfarre. Das kurze Wohlwollen, das über ihm gewaltet, wich einer Missstimmung, die fühlbar, aber nicht greifbar war.

Geduldig zog er mit dem alten Mann, der sich hilflos an ihn klammerte, von Ort zu Ort, bis er endlich nach Habersdorf kam, eine der schlimmen Pfarreien. Und dort war er krank geworden. Die Überbürdung war so groß, dass er sich ihrer freute. Hier tut's so leicht keiner allein, hier werd' ich wohl bleiben dürfen, sagte er sich. Sagte sich's jetzt wieder, als er zurückkam.

IV

"Sag' mir der Vater doch, wie ist's denn gewesen mit dem ehrwürdigen Herrn Hamerlan? Erzähl' Er mir doch ein Randl?"

Der Öttinger Sepp, der glückstrahlend einige kleine Details aus dem winzigen Haushalt, aber nichts Wichtiges berichtete, hatte eben noch mit unsäglichem Selbstgefühl Joppe und Lederhose nebst dem Stutzenhut, den er trug, der genauesten Besichtigung seines Sohnes empfohlen.

„Neuich is dö ganze Gluft, neuich sag i, wia'r der Schnee auf End'n August und wia an Ei, das grad g'legt is. Und dö Schuach a! Neuich und handsam! Meiner Söl Sakrawalt! Wann dös d' Muatter erlebt hätt', Ehrwürden mei Bua! Just siebenunddreiß'g Jahr' werden's sein auf Johanni, dass i mei letzt's G'wand kriagt hab. Und jetzt kimmst du daher und machst aus mir so an Aufg'statzten, meiner Söl und God sag i!" –

Er wollte dem Sohn einen kräftigen Schlag aufs Knie versetzen, besann sich aber zur rechten Zeit auf dessen respektgebietende Person. So blieb er bei einem Schnalzer durch die Luft und lauten „Juhe! Hab' i sag'n wöll'n, sag i! Dös G'wand g'freut mi a Randl! Und los a Mal, i wia'r jetzt nobli." Er klapperte mit Geld im Sack und blinzelte unternehmend. „G'spannst was? Fuchz'g Kreuzer han i! Wann i an and'rer wär'", so bemerkte der Sepp immer bei bedeutenden Entschlüssen. „Wann i an and'rer wär', leicht gang i ins Wirtshaus!" Mit unsäglichem Stolz betrachtete er sich, dann haschte er plötzlich nach der Hand Josefs und drückte seine Lippen verstohlen auf sie. Er tat es wie ein Kind. Öttinger sah still auf ihn herab.

Es war das einzige rein Menschliche in seinem Leben, dieser alte Mann, das einzige, was geliebt werden durfte, wie Menschen lieben. Zwischen ihnen bestand ein umgekehrtes Verhältnis, indem der, der stützen sollte, zum Gestützten herabsank. Josefs Gedanken kehrten weit zurück. Große Anhänglichkeit an die Familie hatte man den jungen Leuten seines Standes stets scharf verwiesen. Ein Widersinn, den Gott nie gewollt, schien es ihm aber doch immer, dies Nichts lieben dürfen, über das so wenige, schon im Seminar, in früher Jugend, schuldlos hinüberkamen. Wo keine Liebe ist, reift der Mensch nicht aus, kommt nie durch andere zu sich selbst, sagte sich Öttinger. Er lernt keinen Opfermut und keine Treue. Josef empfand es dankbar, dass er wenigstens an den Eltern so leidenschaftlich hing, trotz aller Warnung. Es hatte ihm hinübergeholfen über die dunkle Werdezeit, die selten ohne Sünde ist, es bewährte sich jetzt im Mannesalter, wo das nur ein trauervoll stilles Entsagen war, was früher als Leidenssturm durch die junge Seele gebraust hatte. Ja, sie wollten fest zusammenhalten, er und der Vater. Der war wirklich noch imstande, auf seine Art aufzublühen, der kleine, verkümmerte alte Mann. Im Gemüte nämlich. Sein Herz war jung, seine Genussfähigkeit lag in der Kindheit. Er hatte so außerordentlich karg gelebt in dieser Hinsicht, dass er noch viel erleben konnte. Eine Fülle dankbarer Anerkennung war in ihm. Josefs Hand strich über sein weißes Haar.

„Wollen jetzt bis ans End' gut zusammen hausen", sagte er, dann, von einer peinlichen Erinnerung gestreift, tat er jene Frage: „Wie war's mit dem Hamerlan, Vater?"

V

„Wie war's mit dem Hamerlan?" Der Öttinger Sepp sank in sich zusammen, als er den Namen hörte. Das sieghafte Selbstbewusstsein schwand augenblicklich aus seinem

Gesicht. Er wurde kleiner, eingetrockneter, als er je gewesen, und seine Lippen zitterten greisenhaft.

„I moan, iatzt wird's häufti bald warm werd'n. Moanst nöd?", bemerkte er harmlos, die Art seiner Landsleute bei unangenehmen Gesprächen nicht verleugnend. „Groß treibt's 'n Schnee von die Häng' aba."

„Geb' mir der Vater eine Antwort. Wie ist's ihm ergangen mit dem ehrwürdigen Herrn, der mich vertreten hat?"

Der Sepp schien in tiefes Nachdenken zu versinken.

„Ja, halt ja. Jetzt is er fort und is scho' g'wiss wieder auf z' Haus. Gott g'segn's eahm."

„Es hätte sich wohl gehört, dass er mich hier erwartete. Ist er abberufen word'n?"

„Sel woaß i wohl nöd. Moan's nöd! Dös is koaner, den ana aso umaranand schafft. Dös is a Hantiger und a G'schlichener, ziemt mi!"

Der Alte sagte es mit so bewunderndem Tonfall und so ängstlichem Gesichtsausdruck, dass Öttinger lachen musste.

„Warum ist er also so eilig fort?"

„Woaß i nöd. Er hat ganze Schöffeln Brief g'schrieb'n, aba i han's nöd g'les'n, na i nöd!" Da der Sepp überhaupt nicht lesen konnte, so war nicht so viel Verdienst an der Sache, als er zu denken schien. Er bekräftigte aber seinen Ausspruch mit bedeutungsvollem Nicken des schlauen, borstigen Kopfes.

„Und er hat nichts gesagt, keine Botschaft für mich hinterlassen?"

„Na, er lasst di' nöd griaß'n, der Hamerlan, er is so viel a Nobliger, woaßt Josef, er is so was ma' sag' städtisch. So aner, der si' wia'r nix mit'n Bischof und Kaiser zum Essen niedersitzt und dem's nöd entrisch wird dabei. Und aufg'statzt! – Neben dem is so aner wia'r du nur a ganz a g'moaner Kerl. Z'weg'n was der herg'schickt word'n is, dös möcht i wohl wiss'n, denn für unserne G'moan passt der wia'r a Gartenerdbeer zu aner Umurken (Gurke) passt. Er redt si' mit dö Haberndorfer nöd, a so aner."

Der Alte sprach den Gedanken aus, der auch Josef quälte. Wozu war ein Stellvertreter geschickt worden, der sich als Salonmann glatt und geschmeidig wie ein Diplomat in einer anderen Sphäre bewegt hatte, als diese hier. Hamerlan war ein Günstling glücklicher Verhältnisse. Er beschäftigte sich politisch und redigierte ein Blatt. Auf dem Lande war er noch nie tätig gewesen.

„War im Hause Frieden, Vater?"

„A ja, g'rauft is nix word'n, mir hab'n nix g'mukst, kan's von uns. Dö alte Wab'n hat bloß allweil ihr'n schiachsten Krant g'hab' weil's mit ihrer Kocherei nöd g'stimmt hat und der Waltl hat g'schimpft, ob die Säu' in Stall jetzt Handschüher trag'n müass'n und er 'n Mist mit an gold'nen Essb'steck aufilupf'n soll."

„Und du? Dir ist's gut ergangen?"

In des Alten Gesicht stieg flüchtig ein fahles Rot. „Mir geht's allweil sakrisch guat in dein Haus, mei' Ehrwürd'n."

Die Wab'n, wie die alte Wirtschafterin genannt wurde, die schon dreißig Jahre im Habersdorfer Pfarrhof diente, war eingetreten, sie hörte die letzten Worte.

„Selb's stimmt nöd. Magst leicht zum Lugner werd'n", sagte sie scharf, ihre stämmige Gestalt vor den beiden aufpflanzend.

„Hundsschlecht is dein Vatern gangen, Ehrwürden. Sei' Stub'n hab'n 's eahm g'nummen für'n Herrn Hamerlan sein Schreiber, und in der Wohnstub'n hat er sei' Sein und sei' Ess'n nöd hab'n dürf'n. I hab' frei an di denkt, wo do' du der Herr bist, 's is an Ärgernis, wann 'n Pfarrer sei' Vater aso g'halt'n wird, moan i."

„Halt's Mäul, alte Schwefelhex", brummte der Sepp ärgerlich, dann schrie er energisch.

„I hab allweil in Stall 'gessn und da is a schen und no viel wärmer g'wen wia'r in der Stub'n, sag i."

„In der Küch' hat er a nöd sein dürf'n und 's Ess'n hat er halt g'hab, wia'r an Einleger, Ehrwürd'n."

„Mir hat's passt, du Schwefelfad'n, der allweil anzund'n sein will!"

„Wie ein Einleger", sagte Öttinger leise vor sich hin.

An sein Herz griff ihm wieder die kalte Hand, die ihm heute schon einmal wehgetan hatte.

„Wie ein Einleger!"

Er war sehr blass geworden. Wie hatte er, schon fieberkrank, vor seinem Transport in die Stadt eindringlich mit Hamerlan gesprochen, wie ihm den alten Mann, sein ein und alles, ans Herz gelegt. Und in den eisigen Vorfrühjahrstagen hatte der den Greis von Bett und Stube hinaus in den Viehstall getrieben. Wer weiß, was sonst noch geschehen war. So offenbarte sich die Frucht einer Erziehung, die jedes Gemütsleben, jeden Familiensinn erstickte. Josef beherrschte sich vor der Frau, die ihn gespannt beobachtete. Aber nachdem sie gegangen war, brach er heftig los.

„Du musst mir immer die Wahrheit sagen, alles sagen, Vater!"

Der Alte duckte sich erschreckt und kroch in sich zusammen.

„So harb is 's nöd g'we'n, weitaus", stotterte er, „der Hamerlan is halt a Städt'scher. Er wird's nöd aso g'meint hab'n. Sei' leibhaftiger Vater bin i ja nöd g'wen, und dass i an Einleger war, dös lass i mir nöd sag'n! I nöd! I han no' mei Keusch'n im Lochenwald. I bin a gebirgiger Hausb'sitzer, i! Gelt ja. Geh, sag du dös der Wab'n, denn mir glaubt sie's ja nöd. I kann nie nicht an Einleger sein, denn i bin a Hausb'sitzer. Wirst's ihrer eintränk'n, dera Urschl mit'n wetterleucht'nden Brotladl?"

„Ja, ja, Vater", sagte Josef hastig. Sein Blick haftete auf dem kindischen Sprecher, für den er alles war. Und wenn er nun an seiner Krankheit gestorben wäre? Was hätte sein Nachfolger mit dem Greis gemacht? Einem Einleger. Furchtbares Wort voll Unmenschlichkeit! Einer, der nach mehr als einem halben Jahrhundert schwerer Arbeit frierend, hungernd sich von Haus zu Haus bettelt und am Straßenrand stirbt. Einleger!

Der Sepp las die Seelenqual in dem verfallenen Gesicht seines Sohnes, unbeholfen ergriff er dessen Hand. „Verzeih mir d' Lüg, i werd beicht'n geh'n", sagte er ernsthaft, dann nachdenklich: „Der Schlimmst' is er no lang' nöd g'wen, der Hamerlan, Josef. Er hat wohl g'harbt, dass i so weng derarbeit."

„Arbeiten hättest du soll'n, du! Jetzt noch arbeit'n!"

„Sei nur staad. Is ja a nöd 'gangen, i han's ja e nöd g'richt mehr. Aber er hat do a wieder guat sein könne, der Städt'sche. Oft a Mal hat'n sei' Hochmütig's schier in Stich g'lass'n und da is er aso ins Red'n kema mit mir, dass er si' schier niederträchti' g'macht hat."

„So. Er hat viel mit dir gesproch'n?"

„A ja, sel' wohl. Und allweil über di', Josef. Er hat si' so viel verinteressiert für di'. Alles hat er erfahr'n mög'n. Auf d' letzt no gar, ob du nie nöd mit an Dirnd'l was gehabt hast. Aso a Loser. Na! I hab ordentli' aufdraht geg'n so a Zuamutung, woaßt wohl?" Josef wurde sehr blass und biss sich auf die Lippen.

„Und wovon habt ihr noch gesprochen?"

„O, allerhand. Er is a Rarer, wann er in's Red'n kimmt, der Städt'sche, aber z'meist sein ma auf di' z'rückkema. Wann i an and'rer war, mi hätt's schier scho' a weng stier'n könna, allweil 's selbe. Und deine 10.000, dei Erb' von Göd'n, dös hat'n interessiert, nöd zum Schildern, wia'r stark! All's hat er wiss'n mög'n. Wast hast, wia 's t 's ang'legt hast, ob'st da nöd am End Papiere kauft und aner Bank anvertraut hast, dös war so viel g'fährli."

„Nicht bei der Bank, der ich die Papiere anvertraut habe", sagte Josef, „dort sind sie sicherer als bei mir."

„O mei! So hast es do' aso g'fehlt ang'stellt! Woaßt, a Bank, dös is a Mensch, der z'meist a Jud' is. Der lebt z'guat und aft, wann er nemma aus kann, kracht er ab und fahrt ab mit'n fremd'n Geld und alles is tschari."

„So? Hat dir das auch der Herr Hamerlan erzählt? Sei nur ruhig. Meine Bank ist sicher."

„Sparkassabücheln, hat er g'moant, soll ma haben. Lauter Büecheln, die ma schön mit si' umanand tragt und in sein Ladl aufhebt, wo ma's glei' sind't! Und aft, ja was is denn no' g'wen? A wohl! Sehr b'sorgt is er allweil g'wen, der Städt'sche, ob du wohl dein Testament in Ordnung g'macht hast, ob's stimmt und wo's aufg'hebt is?"

„Ich habe kein Testament gemacht", unterbrach ihn Josef scharf· Mit einem widrigen Gefühl entsann er sich der pflegenden Schwester, die in den lichten Momenten seiner Krankheit beständig darauf gedrungen hatte, ihn zugunsten des Bischofs testieren zu sehen. Schlimme Rückfälle, ruhelose Fiebernächte hatten sie davon nicht abgehalten.

„Wenn ich sterbe, bist du mein einziger Erbe, Erbe des Geldes, das sicher in der österreichisch-ungarischen Bank liegt. Überlebe ich dich, so werde ich nach deinem Tode eine Stiftung für die ärmsten Defizienten unter der Landgeistlichkeit machen, die ich immer mit Empörung und tiefem Mitleid im Alter entbehren sehe. Dabei bleibt es."

Der Sepp schien mehr erschreckt als erfreut.

„Aso, aso", stotterte er betreten, „na ja, wiast halt moanst; aba erfahr'n därf'n dö oben das nia nicht."

„Ich heuchle und hehle nicht, verspreche nicht, was ich nicht halten werde", sagte Josef kalt. „Der Priester ist ein Diener Gottes, ein Knecht geistlicher Behörden ist er nicht. Er ist verpflichtet, der Religion mit Leib und Seele, mit allen Gedanken zu dienen. Die Priesterweihe gibt ihm sein Amt und seine Rechte. Sie zu kaufen, sie durch Bestechung zu erweitern, hat er nicht nötig."

Öttinger sprach in großer Erregung, wie zu sich selbst. Ein bitteres Gefühl, das längst in den Tiefen seiner Seele brannte, machte sich in diesen Worten Luft. Es lag etwas darin, wie eine Vorahnung kommender Kämpfe. Der Sepp saß da und sah ihn sorgenvoll an.

„Wiast moanst!" wiederholte er langsam.

Dann kam etwas Helles, Kluges in seinen matten Blick. Er erhob sich und stand vor dem Sohn, dem er die welke Hand auf die Schulter legte.

„Josef, wannst du do' auf dein alten Vadern möchst hör'n, i' hab' lang g'lebt, mei Bua, i' kenn's, die droben! I' hab' Beispiel' g'seh'n, glaub's mir's. Tuat's sie nöd reizen. Z'weg'n meiner, schau, brauchst di' nia nöd strapazier'n, i' kratsch e nemma lang umanand und wann a, i' hab' ja do, mei Keusch'n. Und was dö Defizienten sein, die sein aso g'wöhnt auf eahrer lebenslang's Hungertuch, die derwart'n si' gar nix mehr. Gib ka Ärgernis. Sei g'scheit, Bua, 's Revoltier'n nach obenaus hilft nix; 's sein ihrer z'viel und recht kriag'n's allweil."

„Genug davon, Vater. Ich will in die Kirche geh'n", sagte Josef, schroff abbrechend.

VI

Es dämmerte schon, als er das alte, kleine Gotteshaus betrat. Es hatte die naiv bunte Ausschmückung der Dorfkirchen, geschmacklose Sträuße, grelle Bilder, zwei bunte gestiftete Fenster, und trug den Stempel der Armseligkeit. Aber stimmungslos, gleich vielen Stadtkirchen, war es nicht. Vor dem Altarbild, Christus in der Wüste, blühten ein paar Hyazinthenstöcke. Der feine Duft ihrer Blüten schwebte durch den stillen Raum. Alte Grabschriften an einer Wand zeigten verbleichende Wappen. Ein großes Missionskreuz neben dem Altar ragte ernst empor, sein Holz war abgegriffen von Händen, die es in Seelenangst und Leid umfasst hatten. Der Beichtstuhl hinter dem Altar im verschwiegenen Winkel der Kirche stand da geheimnisvoll und stumm, als behüte er die Geschichte einer Gemeinde, ihr Sündigen und Dulden von Generation zu Generation. Viele kleine Liebeszeichen frommer Gemüter, oft kindlich, oft unsinnig, häuften sich vor der Jungfrau von Lourdes, die mit ihren unschuldigen Augen aus einem Kranz weißer und goldener Lilien herabblickte, und vor den Bildern des Heilands. Es war eine Kirche, in der gebetet wurde, in der manchmal ein Herz Gott entgegenschlug. Nicht bloßer Lippendienst, nicht politisches Strebertum hatten hier ihre Stätte.

Josef Öttinger atmete tief auf. Stehenbleibend sah er sich um, als sei er jetzt erst ganz heimgekommen, und freute sich. Er hatte nicht mehr gehofft, hier zu stehen, nicht mehr das Opfer der Messe zu zelebrieren, das seinem einsamen Gemüt eine ganze Welt glücklicher Stimmungen und einen immer neuen Halt verlieh. Er war ein Priester, der glaubte, nicht nur sein Amt ausübte. Er litt viel.

Am Altar niederkniend, versank er in jene tiefen Gedanken innerer Einkehr, die das beste Gebet sind.

Immer mehr wurde es ihm bewusst, dass er in innerem Zwiespalt mit seiner Obrigkeit lebe und dort zu wenig Achtung, zu wenig Überzeugung empfand, wo er blind gehorchen sollte. Schon im Seminar hatte es ihn oft plötzlich ungestüm ergriffen, dieses elementare Sichauflehnen seiner echten Menschennatur gegen Satzungen, die nicht Gott und die Religion, die ein Fürst der Kirche diktierte. Er hatte es niedergerungen als die Widerspruchslust eines jungen Geistes, er hatte gelernt sich zu fügen – äußerlich. Aber innen gor es weiter, wie ein Werdeprozess der Auflehnung gegen ein Unrecht, das geschah, gegen Unmöglichkeiten, die von eiserner Despotenhand möglich gemacht wurden. Ein Mensch aus dem Mittelalter stand auf in der Neuzeit und übte statt der äußeren Folter die innere, die Gewalttat an Herz und Seele. Seine Macht war der Schreck, den er einflößte.

Bischof Vierfacher behandelte die ihm untergebene Geistlichkeit nach einem System, das er erfunden und von Jahr zu Jahr verschärft hatte. Kein anderer Bischof tat ihm darin noch gleich. Er stand allein in seiner Eigenart, seinen Priestern gegenüber. Er forderte ihr Vertrauen nicht, denn er glaubte nicht an menschliches Vertrauen. Er setzte leicht Schlechtes voraus und verlor seine Zeit nicht mit direkten Fragen. Seine Vorgänger hatten noch den Weg zu dem Charakter und Herzen der Priester gefunden, die sie überwachen sollten. Es hatte offene Aussprachen gegeben, etwas Väterliches im Verkehr mit diesen werdenden Streitern des Herrn. Sie durften kommen und ihre Zweifel, ihre Sorgen und ihre Irrtümer zur Sprache bringen. Carol Vierfacher hatte das geändert. Er führte das Verhältnis zwischen dem Herrn und den Leibeigenen ein, den er nach Willen geißelte und ihm den Zehent kürzte. Statt der direkten Mitteilungen organisierte er eine allgemeine Spionage, in der schon die Kollegen untereinander in der Schule unterwiesen wurden. Verschärft setzte sie sich später fort und zerstörte jede Möglichkeit eines schönen Zusammenhaltens zwischen Studiengenossen. Die Studentenzeit, die schönste und erinnerungsvollste in jedem Mannesleben, sah sich im Priesterhaus anders an, als auf den Hochschulen. In junge Gesichter trat früh ein bitterer, verschlagener Zug, den fröhlichen Verkehr hemmten heimliche Intrigenspiele.

Die Herzen erstarrten bald für immer. Jene, die an die Menschheit glauben sollten, wie Christus geglaubt hat, gingen an ihren Beruf im Zeichen eines furchtbaren Misstrauens, das ihnen zur zweiten Natur geworden. Der Mensch, der keine Familie besitzen, keine solche lieben und gründen durfte, wurde auch der Möglichkeit beraubt, einen Freund zu haben. Das Leben dieser Männer, die Licht, Glauben und Lebenswärme in jede Hütte tragen sollten, war kalt, einsam. Sie sprachen sich nie aus, sie wehrten sich nur durch heimliche Hiebe gegen ihr Los und wussten nichts von der Treue, die der Mensch dem Menschen schuldet. Öttinger war es ergangen wie den anderen. Aber sein Herz war schwerer zu töten und sein Widerstandswille heftiger.

Die lange Krankheit hatte seine Gedanken verwirrt. Jetzt fühlte er sich ungewöhnlich befähigt, objektiv und scharf zu urteilen. In der Rekonvaleszenz hatte er lange nachgedacht. Zum ersten Mal ausruhend, fast objektiv, abgelöst von dem Gedankenbann seiner engen Sphäre, betrachtete er sich und seine Welt. Es war wie eine Wiedergeburt seines Geistes in ihm, er fühlte sich froher für seine Pflichten, glücklicher in seinem Stand als früher. Aber auch mehr Selbstbewusstsein kam über den, der schon viel gearbeitet und gelitten hatte. Nicht wie ein furchterfüllter Sklave dem Herrn, wie ein würdiger Priester dem Vorgesetzten wollte er sich Vierfacher darstellen und eine gewisse verdiente Freiheit des Handelns nicht mehr entbehren.

In der Rekonvaleszentenzeit war es gewesen, dass die pflegende Schwester zum zweiten Mal an ihn herantrat, um ihn zu einem Testament zugunsten des Bischofs zu veranlassen. Er antwortete ihr scharf. Dieses Vorgehen empörte ihn.

„Es gibt kein Gesetz, das dem Weltgeistlichen die freie Verfügung über sein Eigentum nimmt", sagte er.

„Denken Sie an die ungeschriebenen geistlichen Gesetze", erwiderte sie ihm. „Ein Priester gehört der Kirche mit allem, was sein ist." – – –

Öttinger erhob sich endlich vom Altar. Es war kein Gebet gewesen, was durch sein Gemüts- und Gedankenleben zog, aber doch ein wohltätiges Sich-auf-sich-selbst-Besinnen. Es war dunkel geworden. Er blieb stehen und blickte noch einmal auf das Altarbild: Christus in der Wüste mit dem Versucher. Dann ging er in den kalten Märzabend hinaus. Schneidend strich die Luft von den Bergen. Andacht war in seinem Herzen. Er freute sich auf das Messopfer, das er morgen wieder halten würde – nach langer, schwerer Zeit.

VII

„Der Herr Pfarrer Wolter lässt bitten, du sollst zu ihm kommen, wie bald du kannst, Ehrwürden!" So wurde Öttinger gemeldet.

Es war einige Zeit nach seiner Rückkehr. Die Botschaft traf ihn in voller Tätigkeit an. Sein Stellvertreter schien sich wenig um die Pfarrangelegenheiten und Geschäfte bekümmert zu haben. Viele Rückstände erforderten ein Anspannen aller Arbeitskraft. Josef war frohen Sinnes. Er fühlte sich in der Bergluft, inmitten seiner gewohnten Pflichten rascher gefunden, als bei einem untätigen Leben. Wenn er von der Seelsorge heimkam, ermüdet nach weiten Gängen, oder schreibend am Fenster saß, immer fiel ein Strahl Heimatsonnenschein in sein Herz, wenn er die gebückte Gestalt seines Vaters geschäftig herumschleichen sah, hier nachsehend, dort eine kleine Arbeit versuchend, Selbstgefühl und kindliches Glück im Ausdruck der Augen. Der Alte machte sich viel zu tun. Gewissenhaft bewachte er Hof und Garten. Öttinger war so fest überzeugt, dass er hier jahrelang bleiben werde, dass er einiges Geld zur Verbesserung des Anwesens aufwandte. Dies bereitete dem Sepp eine merkwürdige Freude. Er entwickelte einen bedeutenden Größenwahn, saß des Sonntags feierlich im Pfarrstuhl mit einem Gesangbuch seines Sohnes, das er nicht lesen konnte, und offenbarte viel Würde im Verkehr mit der Gemeinde, die ihn den „Pfarralten" nannte.

„Wann i' ein and'rer war', i' liass mir dös nöd biet'n. I' rafat mit Enk no' oans zum Beweis, dass i' no' der Jüngste a bin", bemerkte er gerne. Aber seiner Stellung bewusst raufte er nicht.

Öttinger benachrichtigte Pfarrer Wolter, der in der Nachbargemeinde Scheran Seelsorger war, von der Stunde seines Kommens. An einem späten Aprilnachmittag, nach vielen Stunden fortgesetzter Tätigkeit, ging er hinüber, Scheran zu. Das Dorf lag in einer sumpfigen Niederung, nur eine Stunde weit. Es war weder freundlich noch gesund gelegen.

Auf den Wiesenflächen stand Wasser in großen trüben Lachen. Nur der Anhauch der vielen Weiden sprach vom Frühjahr. Schon außerhalb des Örtchens, auf einem einsamen baumumgrenzten Stück Weges trat der Pfarrer selbst Öttinger entgegen. Er musste wartend unter den Bäumen gestanden haben.

„Grüß Gott und vergelt es Gott, dass du gekommen bist", sagte er. Sie schüttelten sich die Hände. Sie sprachen nicht laut, obschon sie allein waren, und betrachteten einander scheu, forschend. Sie waren sehr gute Freunde, soweit sich die Möglichkeit dazu bot. Pfarrer Wolter begann neben Josef einherzugehen. Zu dessen Verwunderung schlug er einen abgelegenen Seitenpfad ein, der sich in feuchtem Weidengehölz verlor. Er ging so rasch er vermochte, oftmals ängstlich um sich blickend.

„Gehen wir nicht nach Scheran hinein, in den Pfarrhof?"

„Nein. Ich habe mit dir allein zu reden. Niemand soll uns sehen." Wolter war ein großer hagerer Mensch, schon ergraut, um ein Jahrzehnt älter als Öttinger. Er sah schlechter aus als dieser und sehr nervös.

„Es soll uns niemand sehen, niemand von Scheran und Habersdorf", wiederholte er. Sie gingen eine gute Strecke weit talabwärts über moosigen, nassen Grund. Endlich blieb Wolter stehen und lehnte sich an einen Baum. „Es geht mit mir zu Ende", sagte er. „Ich mach's nicht mehr lang, Öttinger." Josef sah ihm erschreckt ins Gesicht.

„Bist du wieder krank?"

„Ich bin nie gesund geworden. Zweimal wurde Scheran von der Typhusepidemie heimgesucht. Jedes Mal ergriff mich die Krankheit. Ich hatte keine Zeit, mich zu erholen. Kaum auf den Beinen, hieß es wieder: hinaus in das sumpfige Land. Achtzehn Mal habe ich meine Eingabe um Versetzung in eine gesunde Gegend gemacht. Siebzehn Mal wurde sie totgeschwiegen, dann kam eine Verwarnung wegen meiner frechen Zudringlichkeit. So heißt's denn, auf dem Posten sterben. Ich hab's nicht so erwartet. Ich war einmal ein sehr gesunder Mensch. Vor einigen Wochen hat eine Bronchitis meinem erschöpften Körper den Rest gegeben. Mein Herz ist so schwach, dass es jede Stunde mit mir aus sein kann. Darum habe ich dich bitten lassen, Öttinger, dir kann ich etwas anvertrau'n, nicht wahr? Du wirst es heilig halten, weil ich sterbend bin."

„Vertrau mir", sagte Josef einfach. Der andere seufzte.

„Ich will's wagen, du hast immer mehr den andern abseits gestanden und bist keiner von den Protegierten."

„Nein", sagte Öttinger bitter.

„Beklag' es nicht, je weniger du Günstling bist, desto mehr bist du Priester."

„Ich weiß es. Was soll ich für dich tun?"

„Ich habe etwas Geld, Öttinger Josef. Ich habe ein Sparkassenbuch. Da ist es."

Die Stimme Wolters war nur mehr ein Flüstern. Wieder durchforschte sein Blick die Umgebung. „Es ist niemand da, nicht wahr? Du siehst keinen Menschen?"

„Nein."

„Dann höre mich an. Wenn ich plötzlich tot sein sollte und man findet dieses Buch in meiner Lade, so ist es verfallen. Dem alten Wastian in Doblauf ist es so ergangen. Ich weiß es, ich war dabei. Weil ich meine Entrüstung nicht verbarg, kam ich strafweise für immer nach Scheran, wo der Typhus nicht aufhört. Es werden ja Millionen für den Luxus der Städte verausgabt. Aber auf dem Lande einige feuchte Strecken, die Gift ausatmen, trockenzulegen und damit Hunderte von Siechtum und frühem Tod zu retten, das ist nicht Sache des Wohltäters Staat. Ich habe viele Eingaben für die Gemeinde Scheran an maßgebende Stelle gerichtet, naturgemäß als Priester der mir anvertrauten Gemeinde. Nie wurde reagiert. Nie hat eine Kommission sich hierher verirrt. Mein Pfarrhaus liegt halb im Sumpf, – doch das gehört nicht hierher. – Ich wollte dir von Wastian erzählen. Ich war bei ihm, als er starb. Er hatte nahe Verwandte, die er unterstützte, eine irrsinnige Mutter, für die er in einem anständigen Spital einen Platz zahlte. Wastian war einfach, wie ein Kind, ein sehr guter Mensch. Er ließ seine Ersparnisse in der Kasse des Pfarrhauses. Als er noch im Sterben lag, wurde diese Kasse schon ausgeräumt. Es traf sich, dass eine Inspektion der Seelsorge eben damals in Doblauf stattfand, ein Bevollmächtigter erschien, der wirtschaftete in Kästen und Laden. Als die weltliche Behörde in ihrem bekannten Schneckenschritt anrückte, fand sich kein Geld, die irrsinnige Mutter wurde auf Gemeindekosten in eine wohltätige Anstalt gebracht – du weißt, was das heißt. Sie ist bald gestorben. Damals, Öttinger, bin ich zu

Vierfacher gegangen und habe mit ihm gesprochen. Mein Innerstes schrie auf und empörte sich, ich hätte nicht mehr gewagt, am Altar den Leib des Herrn an meine Lippen zu bringen mit dieser Last auf meiner Seele. Seine Exzellenz hörte mich wortlos an, wies mir wortlos die Türe, drei Wochen darauf erhielt ich mein Verbannungsdekret nach Scheran. Ich stand am Ende meiner Laufbahn. Bis dahin war es mir gut gegangen. Nun begann das Martyrium, das mit dem Tode endet. Ich habe noch an die weltliche Gerechtigkeit appelliert im Interesse jener armen Irrsinnigen. Ich ging zu einem tüchtigen Advokaten, der mich anhörte. ‚Tun Sie nichts, ruinieren Sie sich nicht selbst‘, hat der mir gesagt. ‚Ich glaube, dass Sie einer der zahlreichen würdigen Priester sind, die heute, zu Opfern werden, dennoch sage ich Ihnen, schweigen Sie in dieser Sache. Sie haben es mit einem Manne zu tun, der in seiner Art ein Unikum ist. Er hat Macht in Händen und mehr als Macht, Gewalt. Wir haben würdige Bischöfe, haben in dieser Zeit des Widerstreites Märtyrer unter den Priestern, Heilige sogar, die sich schuldlos geißeln lassen. Wir haben in einer unserer Provinzen einen Mann als Bischof, vor dessen schlichter Güte und Menschenliebe, vor dessen opferwilliger Wohltätigkeit ein Freidenker sich beugen muss. Aber wir haben auch einen Carol Vierfacher. Ich mache es dem Staat und den Mitgliedern der Herrscherhäuser zum Vorwurf, dass ein solcher Mensch Kirchenfürst sein kann. Nicht nur Priester, Kirchenfürst! Dass er Menschen beherrscht, die hochstehen und sie beeinflusst, um Kardinal zu werden. Menschen, die es in ihrer Art ehrlich meinen, fromme Frauen, die gänzlich unweltläufig sind. Carol Vierfachers Weg geht über Menschenunglück und Priesterweihe, geht dennoch aufwärts. Sie sind eines seiner Opfer. Es ist Zufall, Unglück. Kämpfen Sie nicht. Es ist Schicksalssache in diesem Fall. Schweigen Sie, oder geben

Sie es auf, Priester zu sein unter diesem Menschen.' So hat mir jener Mann des Rechtes gesagt, der im vollen Tagesleben stand. Ich ließ mich bereden, ich scheute den Kampf und schwieg. Dafür werde ich Gott Rechenschaft zu geben haben, der im Träger seiner Weihen jede Schuld doppelt strafen wird."

„Du hast gesühnt", sagte Öttinger bitter.

„Nie genug. Nun höre weiter. Auch ich habe nahe Verwandte, die im Elend sind. Mein Muttersbruder, ein Bauer im Unterland, kann das alte Gütchen nicht mehr halten, auf dem wir alle geboren sind. Du weißt, wie's jetzt mit dem Bauernstand geht. Er liegt im Argen. Mein Oheim ist der Wolterer Hans vulgo Ebenhuber in der Gemeinde L. Nur vier Fahrstunden von hier. Seiner Tochter hinterlasse ich mein Erspartes, um das Gut zu retten, das meines Vaters und Großvaters war. Mein Patchen, die Vroni, hat man mir einmal gebracht. Es ist lang her. Sie war noch ein Kind mit roten Wangen. Jetzt ist sie groß. Ihr soll's immer gut gehn. Sie konnte so hell lachen. Ein Mensch, der das kann, der soll's nicht verlernen, mein' ich, dem muss man's Leben sonniger halten. Bring das Geld der Wolterer Vroni, Öttinger. Ich getrau mich nicht selbst mehr hin, man könnte Verdacht schöpfen. Auch bin ich zu matt, das ist wohl heut mein letzter Gang ins Feld. Und herkommen lassen meine Verwandten! Jetzt! Wo's so schlecht mit mir steht? Das hieße mir sofort jemand auf den Hals laden, der Acht gibt, ob ich meine Habe nicht verschenke und einen Kirchenraub begehe. Wirst sehen, in nächster Zeit besucht mich mein Amtsbruder aus der Stadt und bleibt zu Gast als Stütze, weil ich so elend bin."

Öttinger nahm das Buch aus der welkenden, kalten Hand.

„Sobald als nur möglich besorg' ich's", sagte er.

„Gut, du kannst es wagen. Ohne Schaden hoffentlich.

Aber komm nicht mehr zu mir. Ich konnt' auch nicht zu dir kommen. Grüß mir die blonde Vroni, Josef. Sie muss jetzt an die achtzehn sein. Wie die lachen konnte! Sie soll für mich beten, sag' ihr. Und sie soll glücklich sein auf der Wolterer Hub, wo ich als Bub im Heu spielte. Damals hab ich's auch noch gekonnt – das Lachen."

VIII

Wolter war erschöpft auf die alte, krumme Weide gesunken, an der er lehnte. Sie bot einen bequemen Sitz. Er legte den Kopf an ihren Stamm und schloss die Augen. Sein Gesicht war namenlos traurig. Ein ernstes, in seiner Art edles Gesicht, gefurcht von Sorgen und Gedanken, früh gealtert in nutzlosem Kampf. Sein Anblick schnitt dem jüngeren Manne tief ins Herz.

„So schlimm darf es, kann es nicht mit dir sein", rief er heftig. „Man fühlt sich nach schwerer Krankheit oft so sterbensbereit. Aber das geht vorbei. Du musst noch leben, du musst."

„Gott verhüt' es, Öttinger Josef. Wozu noch leben? Gott mit einer ewig brennenden, qualvollen Frage im Herzen täglich das Opfer am Altar bringen, ein würdiger Priester sein wollen und es hundertfach nicht sein können? Nein! Lieber gleich Ihm Aug' in Aug' drüben gegenüberstehen, wo Er mir wird Antwort geben. Sein göttliches Auge erbarmend auf mir ruhen fühlen. ‚Mensch, dir sei vergeben, du wolltest, aber du konntest ja nicht. Der dich führen sollte, stieß dich auf irre Wege.' Ich kann dir nicht sagen, wie ich mich sehne nach dem Gott, der ist, nicht nach dem, den die Pharisäer machen. Du bist noch nicht so weit. Vor dir liegt noch vieles!" Er sah Josef an mit seltsamem Blick. „Gott helfe dir – armer Priester!"

Öttinger stand wie gelähmt unter dem Eindruck dieser Stunde. Der gebrochene Mann vor ihm war im Seminar und auf der Hochschule der begabteste und bravste Student gewesen, gesund und froh. –

Es war, als erriete Wolter seine Gedanken.

„Wie wir ausgehen, wie wir ausgehen, Öttinger Josef", sagte er. „Und wie wir enden! O, mein Herrgott! Viele von uns werden zu Trinkern. Viele verrohen zum halben Tier."

Er brach ab, die Augen mit der Hand beschattend. Große Tränen tropften unter ihrem Schutz auf sein Kleid herab, Tränen, die schwer von Herzblut schienen.

„Es ist der Abschied von dem, was einmal war", sagte er.

„Ich bin so fromm gewesen, Öttinger Josef. So voll Beruf trat ich mein Amt an, ich, der geistliche Sohn vom Wolterer Gute. Ich war ihr Stolz. Jetzt weinen sie um mich. Ich bin verkommen in meinem Stande." Er brach ab und erhob sich matt. „Ich hab dir gebeichtet, nimm es so an. Ich kann einfach nicht weiterleben, Öttinger. Ich würde ein schlechter Mensch oder ein Rebell, der das Volk aufreizt. – – Wie wir enden! Josef! Wie wir enden!"

Pfarrer Wolter nahm die Begleitung des Freundes nicht mehr an.

„Ich geh' allein heim", sagte er. „Man soll uns nicht beisammen seh'n. Was du für mich tust, könnte dich auf indirekten Wegen nach Niedertal bringen, ins Priesterstrafhaus. In das Haus, das der Bischof Vierfacher der Klugheit deines eigenen Großvaterbruders dankt, des Dechanten Öttinger, der für seine guten Ideen zum Konsistorialrat gemacht wurde."

Josef erblasste, ein finsterer Ausdruck trat in sein Gesicht.

„Ich will mehr von diesem Niedertal hören", sagte er.

„Es ist die Stiftung frommer Seelen. Es ist das Haus von keinem Gesetz beengter, ungeschriebener Gerichtsbarkeit, geistlicher Gerichtsbarkeit im Kleinen. Du musst ein Interesse daran haben, Öttinger. Dein eigener Oheim hat es organisiert und eingerichtet."

„Du warst nie dort?", fragte Josef atemlos.

„Ja, auch ich war dort."

„Im Priesterstrafhaus?"

„Im Priesterstrafhaus!"

„Für welche Schuld?"

„Für die Schuld meiner Unterredung mit dem Bischof."

„Für diese kamst du nach Scheran."

„Erst nach Niedertal auf drei Wochen, dann nach Scheran fürs Leben. Man muss auch zu strafen verstehn."

„Erzähle mir!"

„Nein. Nichts mehr. Über das Priesterstrafhaus Niedertal spricht man nicht. Man erlebt es. Du kannst für die Seele deines Oheims Messen lesen, Öttinger Josef, damit Gott ihm den Gedanken dieser Stiftung verzeihe. Leb' wohl! Gott vergelte dir, was du an mir tust."

Öttinger stand noch lange still und blickte der Gestalt des Priesters nach, die sehr langsam zwischen den hohen, biegsamen Weiden über feuchten Moosboden dahinschritt. Es war nach Sonnenuntergang. Über der Welt lag Zwischenlicht – kalt, unirdisch. Laublos ragten die Pflanzungen empor, es war, als stocke Lebenstrieb und Frühlingswerden, da ein Mensch vorbeischritt, der zu sterben ging.

IX

Öttinger verdoppelte seinen Fleiß, um sich einen freien Tag zu machen. Das anvertraute Geld beunruhigte ihn. Die fortgesetzte stille Beobachtung der Wab'n, von der man nie wusste, welcher Meinung sie eigentlich sei, denn sie redete jedem zu Gesicht, peinigte ihn sehr. Er war nicht so selbstständig gestellt, dass er es wagen durfte, sie zu entlassen. Sie war eine Institution des Habersdorfer Pfarrhofes und unterhielt einen regen Briefwechsel mit Personen in der Stadt.

In den ersten Apriltagen machte sich Öttinger auf seinen Weg nach dem Wolterergut. Er fuhr mit der Bahn und ließ sich dann im Flachland den Weg weisen. Die Felder standen voll junger Saat, Erdgeruch entströmte der Ackerscholle. Goldige Blütenkätzchen hingen an den Weidenbäumen. Es gab Gorn, in denen schon Schneeglöckchen und bunte Tulpen aufblühten. Hier schien die Sonne wärmer, das Leben war leichter als im Hochgebirg. Dennoch verkam Bauerngut um Bauerngut. Die Industrie blühte auf, der Landbau ging zugrunde. Das Wolterergut lag in einem Kranz breiter Linden, von Wald bekränzt, von einem großen Garten umgeben. Man sah auf den umliegenden Grundstücken niemanden arbeiten, obschon es nicht Sonntag war.

Die Haustüre stand offen. Öttinger trat ein. Er hörte Stimmen in der Stube nebenan. Unschlüssig blieb er stehen. An der Hauptwand des Flurs, in dem Esstisch und Backofen standen, hing ein Christuskreuz, mit frischem Tannenreisig geschmückt. Ein kleines Lämpchen brannte davor. Josef hatte den Hut abgenommen. Still blickte er auf das Wahrzeichen, in dem wir alle stehen.

Nebenan wurde heftig gestritten. Eine Mädchenstimme erhob sich oft zu leidenschaftlichem Zornesausdruck, dann wieder sprach ein Mann in trockenem, geringschätzigem Ton. „Ich leid's nicht! Und ich leid's nicht!", rief das Mädchen heftig erregt.

„Sie wird's leiden müssen, kecke Dirn."

„Das ist nicht wahr. Er hat dem Vater das biss'l Geld g'lieh'n und uns dabei betrogen und ausgenützt. Er weiß, dass das Geld sicher wie nur eines in der Hub steckt und verzinst wird. Er weiß, dass wir uns bis aufs Blut abarbeiten zum Drauskommen und unverschuld' in die allgemeine

Bauernnot sein kommen. Und da kommt Er her, wann der Vater nicht da is, und will bei mir pressen."

„Ich will mein Kapital zurück, das ich euch g'lieh'n hab', ihr G'sindel!"

„Mir sein kein G'sindel! G'sindel is wer and'rer."

„Dirn!"

„Was? Ich fürcht' mich nicht, ich nicht vor so ein', wie Er is. Wann der Vater auf mich g'hört hätt', hätt' er das Geld, das Er ihm aufdrängt hat damals nach der furchtbar'n Missert'n, nie ang'nommen. Aber wia'r aso alles hin g'wen is, 's Steuerzahl'n vor der Tür und Not überall, da hat si' der Vater drankrieg'n lass'n. So aner wie Er, Herr, der weiß halt 'n Moment z'fass'n. Und seit der Zeit sitzt Er uns auf'n G'nack. Erst hat's g'heiß'n, das Geld kann heimzahlt werden, wia's will. Und jetzt will Er's im Frühjahr hab'n, wo ka Bauer zu aner Auszahlung imstand is. Das heißt Blutschind'n, Herr!"

„Wenn ihr nicht zahlen könnt', soll der Hof zahl'n."

„Der ganze Hof für so a kleine Schuld? 'S Gut verkauf'n, verschleudern müss'n, damit an Wucherer die Ausbeutung g'lingt? Na, Herr! So weit sein mir no' lang nöd! Die Hub kriegt ka Jud', so lang i' leb'."

„Voll Schuld'n seid ihr!"

„Selb is a Lug. Mir hab'n nur die Schuld'n, die heutz'tag über an jed'n armen Kleinbauern kommen. Und mir werden's zahlen zur Zeit, sowie Geld da is. Im Herbst frag' Er sich an, Herr!"

„Jetzt will ich bezahlt sein. Oder ich schick' euch das Gericht, und der Hof kommt in Gant."

„Z'erst aber hinaus mit Ihm, oder Er erlebt was. Ich bin ane, die's mit drei solche aufnimmt, wie Er is. Marsch! Dort ist die Tür! Er geht oder ich lass 'n Hund von der Kett'n."

Die Tür flog auf. Zuerst trat ein großes Mädchen mit blitzenden Augen und heißen Wangen in den Flur. Langsam folgte ein jüdisch aussehender Mann, der sich feig duckte.

„Morgen hab' ich das Geld oder ich klag'", brummte er bissig. „Dabei bleibt's." In der Haustüre blieb er stehen und fasste Öttinger ins Auge. „Besuch is da", sagte er höhnisch.

Josef trat vor. „Bist du die Wolterer Vroni?", fragte er.

Das Mädchen strich sich mit der abgearbeiteten Hand über Stirn und Augen. „Die bin ich. Was will der geistli' Herr?"

„Er kommt ins Heimsuchen, weil du so sauber bist", spottete der Jude.

Vronis Augen flammten auf. Sie stieß ihn von der Schwelle und schlug die Türe zu. Öttinger war peinlich berührt. Er hatte den jüdischen Kornhändler Abringer auch in Habersdorf gesehen; dieser pflegte arme Dörfer zu bereisen und die Ernte am Halm an sich zu bringen.

Vroni fasste sich langsam. Sie band eine reine Schürze über ihr dunkelblaues Arbeitskleid und wies den Gast in die Wohnstube. „Der Vater is nöd z'Haus, aba er muss bald kema. Er is – er is – –"

„Geld suchen gegangen – um den Wucherer loszuwerden – nicht wahr?", sagte Josef teilnehmend.

Ein Schluchzen rang sich aus ihrer Brust. Sie setzte sich und stützte den Kopf in beide Hände. Qualvolle Angst und Sorge sprach aus ihrem Blick. Öttinger ließ ihr Zeit, sich zu beruhigen. Er betrachtete sie. Sie war ein kräftiges, schönes Geschöpf, trotz der Spuren unsäglich harter Arbeit, die ihr Gesicht im Sonnenbrand bis zur Bronzefarbe gebräunt, ihre Hände hart gemacht hatte. Strahlende dunkelblaue Augen unter sehr lichtem Haar, regelmäßige Züge, und etwas Ehrliches, Liebes in Wesen und Gesicht riefen Josef die Worte Wolters ins Gedächtnis zurück: „Wie sie lachen konnte, die kleine Vroni!" Armes Ding. Das Lachen verging auch ihm in früher Lebenszeit.

„Hast a G'schäft leicht mit'n Vater, geistli' Herr? Kriagst kein b'sondern Eindruck von dem Anwes'n glei' beim Einikema. Und do', 's wär, nöd aso schlimm, wia sich's anschau'n lasst, wann mir den Jud'n los wär'n, der si' in aner schweren Stund' eing'nist hat im Haus; aft ging's ja wieder. Aba, wer hülft an armen Bauern!"

„Das Leben ist hart", sagte Öttinger.

„Unmenschli' hart. Mir arbeit'n, der Vater und i', alloan, z'meist ohne G'sind, weil sich's nimmer derzahlen lasst heutig'ntags. Um zwei Uhr in der Frühe sein mir auf und drauß'n bis spät auf d' Nacht. Auf unsern Tisch steht koa Fleisch und mei G'wand mach i' selb, wia'r i' ackern tu', schneid'n und Holz führ'n. Und alles nur, ums Dach über'n Kopf, ums Hoamathaus und's Bauernsein, ums halbverhungor Drauskema. Und a jed's Jahr mehr Steuern und Missernt'n allweil, nia an Erleichterung für'n Bauernstand, nia! Eher für an jed'n andern. Wann ma no' so viel an Willn hat, Herr, und die Zähn' z'sammbeißt. Alles hat sei' Grenzen. Sie werd'n 's scho' sehn, wann's aso weitergeht und überall der Fabrikschlot raucht, wo früher 's Korn g'stand'n is und heimatlose Leut' durchwandern, wo früher Bauernhöf' g'stand'n sein und brav zahlt und g'schafft hab'n. Mei Vater kränkt si' z'tot, denn er tuat, was er kann. An dem Tag, wo's ihm 'n Hof verkauf'n, is 's aus mit eahm, i' kenn' eahm. Und i'! I'!" Sie brach ab, bitterlich weinend.

„Ich bring' euch ja Hilfe", sagte Öttinger hastig. „Dein Vatersbruder schickt mich, der Pfarrer von Scheran schickt mich zu dir, Wolterer Vroni!"

Das Mädchen stand auf, seine Wangen erblassten.

„Der schickt di', der Göd in Scheran?" sagte es langsam.

„Dem geht's – dem geht's a schlecht in sein Stand."

Sie sagte es unsicher, ohne Mitleid zu zeigen.

„Er schickt zu uns –der Scheraner Pfarrer. Is er – leicht – – nimmer – geistli', Herr?"

„Was fällt dir ein, wie kommst du auf eine solche Idee?", rief Josef heftig.

Vroni begann zu zittern.

„Weil er so aner is", stammelte sie.

„Was für einer?"

„Der koa gut tut. Scheran is a schwere Strafpfarr – weißt's wohl, geistli' Herr! Sie sag'n, er hat si' geg'n Bischof verganga, der Wolterer Göd, und sei guata Meinung verlor'n. 'S hat uns schwer troffen, kannst mir's glaub'n! An Geistlich'n in der Famili', der koa rechter is, das kriagt ma z'spür'n im Volk, allweil. Unser Pfarrer selb hat davon g'redt."

Es wallte heiß in Josef auf. Das Mädchen sprach die Meinung vieler aus.

„Dein Oheim ist ein Märtyrer, ein Heiliger!", rief er ungestüm. „Er fühlt sich dem Tod nah und schickt dir hier ein Erbe, Wolterer Vroni! Es ist nicht viel, aber euch kann es retten. Bete für ihn, segne sein Andenken, sag' ich dir."

Er legte das Buch auf den Tisch. Vroni starrte ihn fassungslos an, ohne Verständnis. Er wiederholte seine Worte.

Wild aufschluchzend warf sie sich in die Knie. „Er stirbt! Er denkt auf uns! Und mir hab'n eahm so unrecht 'tan. O Herrgott! Herrgott!"

„Du sollst das Geld nehmen und dich freu'n, Vroni, des Pfarrers Zeit ist um, ihm wird im Tod wohler sein, als im Leben."

Sie weinte heftig. „Der Vater! Was wird der Vater sag'n? Aso a Hilf', o mein Gott! Wia'r soll mir danken, abbitten."

„Gar nicht. Gar nichts sollt ihr tun, hörst du? Er lässt es euch strenge sagen. Ihr dürft ihn weder aufsuchen, noch an ihn schreiben, dürft kein Zeichen geben, dass er sich eurer erinnert hat. Er will es nicht – – es – es könnte missdeutet werden", vollendete Josef unsicher. Er suchte nach Worten. Aber das Mädchen war klug. „Mir hab'n nahm scho' lang nöd a mal mehr seh'n dürf'n", sagte es langsam.

„Lang nöd – – und jetzt. Jetzt muass er hoamli vererben, 's is wohl hart; für eahm – für uns – hart is." Ihre Hand zuckte von dem Vermächtnis zurück. „Wia'r a Raub an wem andern. Wird uns koan Unglück bringen, wann wir das Geld nehmen, geistli' Herr?"

„Es kommt euch zu."

„Vor'n G'setz. Aba vor Gott?"

„Vor Gott vor allem!"

„Und vor'n Göd sein Vorgesetzten. Woaßt's eh wia's oft is."

„Das Geld ist euer."

„I' brauch nöd beicht'n, dass i's angenomma hab?"

„Nein, genug! Ein Priester hat es dir gebracht, du sollst es nehmen und damit die Heimat freimachen, du sollst dich freuen. Vielleicht kann ich ihm noch von deiner Freude erzählen. Er hat dich gern, Vroni." Wieder füllten sich ihre Augen mit Tränen. „O mei, sie hab'n mi ang'lernt, was Arg's von ihm z'denk'n. Ihn g'ringer z'halt'n wia'r and're geistli' Herrn." Sie nahm von der Wand ein kleines Bild, das sie in ihrer einfachen Landestracht darstellte. Ein durchziehender Maler hatte es gemacht, es war hübsch und sehr sprechend.

„Bring' eahm das, Herr, wann's mögli' is", sagte sie. „I kumm mir so schlecht vor, so schlecht. Wia ma aso richt', so schnell richt' und aburteilt über einen Menschen."

Sie beugte demütig ihr lichtes Köpfchen über seine Hand. Mit wehem Herzen sah er auf sie nieder.

X

Von widerstrebenden Gedanken und Empfindungen erfüllt, kam Öttinger spät abends heim. Es war ihm in der nächsten Zeit, als mustere ihn die Wab'n scharf, spähend. In ihrem Ton lag Geringschätzung. Er beachtete es nicht weiter. Auch ließ er nach seiner Rückkehr den Überrock offen in seiner Stube hängen, in dem sich noch das Bildchen der Wolterer Vroni befand. Erst am Morgen besann er sich darauf. Das Bild steckte unbeschädigt in der inneren Tasche des gesäuberten Kleidungstückes. Mit einiger Verlegenheit sah er es an. Was damit beginnen? Die Wab'n hatte ihm eben berichtet, dass in Scheran ein zweiter Geistlicher eingetroffen sei, da Herr Wolter sich so elend fühle. An diesen zu schreiben war unmöglich geworden. Josef beschloss, das Bild bei sich zu tragen. Vielleicht kam eine Gelegenheit, es Wolter zu übermitteln. Wenn nicht, wollte er es Vroni zurücksenden. Eh' er es zu sich steckte, betrachtete er lange das sprechende Gesicht mit den klaren Augen. Es wurde ihm dabei warm und froh ums Herz. Er hatte das Glück zu diesem jungen Geschöpf getragen.

„Der Pfarrer von Scheran ist gestern gestorben, soll ich dir melden, Ehrwürden", berichtete die Wab'n. Sie sagte nicht, „der hochwürdige Herr" und in ihrem Ton lag Geringschätzung noch für den Toten. Sie bekreuzte sich aber. „Gott sei seiner armen Seel' gnädig."

„Er wird ihr gnädig sein", sagte Josef mit zitternder Stimme. Er war sehr blass geworden, die Botschaft schnitt ihm tief ins Herz. Also wirklich gestorben, ohne dass der Gruß Vronis ihn noch erreicht hatte. Ohne sich an dem Anblick des Bildes erfreut zu haben. In seinem Dunkel, ohne Licht und Liebe – gestorben.

„Wirst du zur Leich' geh'n, Ehrwürden? Der Ansager is schon dag'wesen. Leicht wär's nicht notwendi', dass du gangst, 's wird kein so großes G'renn werd'n, um ihm die letzte Ehr' zu geb'n. Er war kein so a Rarer."

„Selbstverständlich geh' ich zum Begräbnis."

„Wie'st meinst. Also richt ich's G'wand."

Öttinger ging in diesen Tagen wie traumwandelnd umher. Ein dumpfer Schmerz erfüllte ihn. Es drängte ihn in das Weidengehölz, wo er vor kurzem mit Wolter das

Gespräch gehabt hatte. Es drängte ihn nach Scheran, um dem Toten noch einmal ins Gesicht zu sehen. Er ging hinüber.

Am Tag vor dem Begräbnis war's, als schon der Abend sank. Pfarrer Wolter lag aufgebahrt im Fremdenzimmer des Pfarrhauses. Die Studierstube nahm bereits der künftige Ersatzmann ein, der als Hilfspriester gekommen war, um alles zu übernehmen. Er ließ an Wolters Kästen und Schreibtisch niemanden heran, Josef fragte nicht nach ihm. Er trat in das Totenzimmer, in dem sich den ganzen Tag schaulustiges Bauernvolk gedrängt hatte. Jetzt war es fast leer, der Pfarrer lag bäuerisch aufgebahrt, das Kreuz in der Hand, zwischen den flackernden Totenkerzen. Sein wachsfarbenes Gesicht sah hart und müde aus. Es schien ganz klein geworden zu sein. Neben ihm kniete die Wirtschafterin, monotone Gebete murmelnd. Nur künstliche Blumensträuße von grotesker Hässlichkeit standen plump um den Toten. Alles war traurig, öde, ohne Liebesweihe. Öttinger bezwang sein heißes Weh, das rasende Weh, das ein Mensch um den Menschen fühlt, dem nie sein Recht geworden ist. „Wie waren seine letzten Stunden?" fragte er das Weib.

„Das weiß kein Mensch nicht, Ehrwürden", sagte sie vorwurfsvoll. „Er war so einer, der Hochwürden, er hat sein eigenen Kopf gehabt. Er is mit sich allein g'storb'n, ganz staad in der Nacht, ohne Ölung und Sakrament, ohne dass mir hab'n um ihn sein dürf'n. Am Tag z'vor hat er no' Mess' g'lesen."

„Dann hat er ja das Sakrament empfangen."

„Na ja, so wie alle Täg, aber nix Extra's, nie wia's do Brauch is und G'hörtsich." Die Frau sprach, als hätte der Verstorbene sie um ein Schauspiel gebracht, das ihr Recht war, um die Szenen am Totenbett, wie das Volk sie liebt. Da Josef nichts erwiderte und im Nachdenken versank, verließ sie das Zimmer, Öttinger atmete auf. Er kniete dicht bei dem Freund nieder und sprach ein Gebet, dann beugte er sich und küsste die eisigen Hände mit dem Kreuz.

„Du hast den Weg über Dornen und Steine vollendet. Du bist der Gewalt entrückt, die sich geistlich nennt und weltlicher ist als die weltliche."

Lang blieb er in stiller Andacht versunken, ohne Schauer, von dem großen, stillen Reiz gebannt, den der Tod für den Gläubigen und für den Unglücklichen hat.

Und da kam ihm eine kindische Sehnsucht an, dem Manne, der da lag, noch etwas Liebes zu tun, noch einen menschlichen Liebesgruß an dies tote Herz zu legen. Das Bild der Vroni, ja, das war es! – Er sah sich scheu um. Es war niemand da. Er wollte es dem Verstorbenen mitgeben in die Erde. Wenn er es innen in den schwarzen Rock steckte – sah es kein Mensch mehr. Sie wollten den Toten noch heute in den Sarg legen.

Hastig griff Josef in seine Brusttasche. Vergebens suchte er, das Bildchen war nicht mehr da. – – –

Er musste es verloren haben. Sehr verstimmt ging er heim.

Am nächsten Tag fand die Beerdigung statt, armselig, ohne Trauerstimmung. Ein feiner, warmer Regen rieselte herab. Auf dem Friedhof begann es zu grünen. .

Der Aushilfsgeistliche war außerordentlich mürrisch.

„Es ist kein Geld da, nicht einmal für einen Grabstein. Mag die Gemeinde sich in Unkosten stürzen, wenn sie's überflüssig hat", sagte er zu den Geistlichen verschiedener Gemeinden, unter denen Öttinger stand.

„Bettelwirtschaft!"

Josef hörte ihn kaum. Mit jähem Schreck hatte er unter den Leidtragenden die Vroni wahrgenommen. Schwarz gekleidet, mit ihrem langen, seidenen Kopftuch stand sie nahe am Grabe und weinte bitterlich. Die Grabrede empörte Öttingers Gefühl. Sie fertigte Wolter kurz ab für immer. Kein Wort für sein langes, aufopferndes Wirken in Scheran, für sein Leiden, seine geduldige Güte. Kurz, unerbittlich ward dies allzu arme und allzu reiche Leben abgetan.

Als alle die Kirche verließen, Öttinger mitten unter der Geistlichkeit, ging Vroni an ihnen vorbei. Sie ergriff Josefs Hand und küsste sie mit beredtem Blick. Alle Augen richteten sich auf die beiden. „Wer ist das Mädchen?"

„Die Wolterer Vroni, des Verstorbenen Geschwisterkind."

„Wie rot er geworden ist, wie erschreckt er aussieht, der Ehrwürdige von Habersdorf."

XI

„Ein amtlich's Schreiben, Ehrwürden, für dich. Der Postjürgel wart', du möchst unterschreiben, dass d'es richtig kriegt hast." So meldete die Wab'n in ihrer umständlichen Art und legte das Schriftstück, dessen Format viele kannten und fürchteten, auf den Tisch.

Öttinger, der Rückstände in Pfarrbuch und Kirchenrechnung aufarbeitete, unterschrieb rasch die Bescheinigung. Dann wandte er sich wieder seiner Arbeit zu, ohne das Schreiben gleich zu öffnen. Enttäuscht zog sich die Wab'n langsam zurück. Josef vollendete seine Arbeit, als er allein blieb, ordentlich und beinahe auffallend langsam. Das große gesiegelte Kuvert lag neben seiner Hand, die leicht zitterte, während sie die Feder führte. Das Herz schlug ihm bis zum Hals hinauf, unruhig, in plötzlichem Fieber. Die letzte Liebestat, die er dem Pfarrer von Scheran erwiesen, nahm die Gestalt eines Verbrechens an, das gerichtet werden sollte.

Zweimal zuckte seine Hand nach dem Schriftstücke, ohne es zu berühren. Er schalt sich wahnwitzig dafür. Sein

Gewissen war rein, er hatte nichts verbrochen. Was fürchtete er? Sie war unwürdig, diese Furcht, war sklavenhaft. Trotzig griff er nach dem Brief und riss ihn auf. Die Einlage fiel heraus, zwischen die Blätter des alten Habersdorfer Pfarrbuches. Er legte sie zurecht, um zu lesen. Und – er las:

Z. 130.

An Herrn Josef Öttinger, Pfarrprovisor in Habersdorf.

„Das Hochwürdigste Bischöfliche Ordinariat hat unter I. April 18.. befunden, Euer Ehrwürden zum Kaplan in der Pfarre Cospann neben deren hochwürdigstem Herrn Dechant Sublimer zu admittieren.

Hiervon werden E. Ew. mit dem Auftrage verständigt, sich sofort nach der erfolgten Ankunft Ihres Nachfolgers auf Ihren neuen Posten zu begeben und die nötigen Urkunden bei dem hohen Dekanat St. zu beheben. Zugleich untersagt das Hochwürdigste bischöfliche Ordinariat E. Ew. schon jetzt, vom Empfange dieses Dekrets ab, die Abhaltung einer Predigt oder Christenlehre in Habersdorf. Die Bestätigung über den Empfang dieses Dekrets hat umgehend zugestellt zu werden.

Dekanatsamt W ... zu R.
3. April 18..
Anton Domsaleg, Dechant."

Der Öttinger Sepp, der unten in der Essstube Bestecke und Gläser putzte, hörte plötzlich in der Studierstube, die über dem Speisezimmer lag, einen schweren Fall.

Heftig erschreckt beeilte er sich, die Stiege hinaufzukommen. Er riss die Türe auf. „Josef! Josef! Was is denn?" Entsetzt prallte er zurück. Auf den Dielen lag sein Sohn, bewusstlos hingestreckt wie ein Toter. Das Dekret, das ihn degradierte und seine unbescholtene Existenz zerstörte, hielt er in der geballten Hand, die sich nicht öffnen wollte.

Sie brachten ihn zu Bett, die Nacht hindurch raste er in Fieberschauern.

XII

Aber der Unfall, der wie eine Erinnerung der schweren Krankheit aussah, währte nicht lange. Nach zwei Tagen erhob sich Öttinger von s einem Bett, fieberlos, mit klarem Kopf, einen seltsamen Blick in den hohlen, eingesunkenen Augen. Er schrieb einen Brief an den Geistlichen der Nachbarspfarre, dessen Vertretung bei den wichtigsten Vorkommnissen er sich für zwei Tage in Habersdorf erbat. Dann hieß er die Wab'n seine Reisetasche packen. Dem Vater sagte er nichts. Der umkreiste ihn wortkarg, aber angsterfüllt, eine qualvolle Frage in den Augen. „Ich werd' wahrscheinlich noch einmal einen Doktor heimsuchen", bemerkte Josef flüchtig bei Tisch. „Wundere dich nicht, Vater, wenn ich fort bin. Ich bleib' nicht lang' aus." Ohne Abschied ging er. – – –

Er fuhr in die Stadt und stieg im verlorensten Einkehrgasthof ab. Seinen Freund suchte er nicht auf. Auch keinen Arzt. Er machte sogleich seine Eingabe um eine Audienz bei Bischof Carol.

Als diese ihm zugesagt wurde, saß er lange still da, in sich gekehrt, wie gelähmt vom Druck furchtbar schwerer Gedanken. Er aß fast nichts und trank keinen Wein. Er brauchte Sammlung – Klarheit. Er dachte an einen Offizier, der tapfer und treu seine Pflicht getan, seinen Fahneneid gehalten hätte und dann plötzlich schuldlos durch unsäglich tragische Schicksalsspiele, statt verdiente Ehrenzeichen zu erhalten, zum Gemeinen degradiert würde. War das wirklich möglich? Nein. Im Dienst der Weltlichkeit kam so etwas nicht vor, konnte so brutal, so nüchtern, gewalttätig nicht vorgegangen werden. Eine Schuld musste vorliegen, irgendeine Schuld. Und selbst wenn eine solche vorlag. Man schnitt nicht gleich verstümmelnd ins Lebensmark dessen, der gefehlt hatte.

Ein Offizier, der im Grad herunterkam, was tat der?

Er nahm die Pistole und erschoss sich. Es war sein Recht, sein einziger Weg nach dem ungeschriebenen Buch der Ehre. – –

Aber ein Priester, dem so geschah, was tat der?

Für den gab es das Recht des Selbstmordes nicht. Der langsame geistige Foltertod, das Stückweis-Sterben in Schimpf und Schmach war ihm vorgeschrieben. Und er war doch auch ein Mensch, ein Mann mit Mannesstolz und Ehrbegriffen.

So weit in dem, was sie Demut nannten, konnte kein anständiger Mensch herabkommen, dass er sich zur Selbsterniedrigung jeder Art bequemte, jedes Ehrgefühl in sich totschlug. Die Achtung vor sich selbst musste bestehen. Und diese Achtung forderte den Kampf, die Revolte.

XIII

„Sie sind Josef Öttinger, der gewesene Pfarrprovisor in der Gemeinde Habersdorf?"

„Ich bin Pfarrprovisor in Habersdorf, Bischöfliche Gnaden!"

„Sie sind es gewesen. In zwei Wochen treten Sie Ihr Amt als Hilfskaplan in Cospann bei Dechant Sublimer an. Sie haben das Dekret bereits in Händen."

„Das Dekret kam mir zu."

„Was haben Sie sonst noch zu erbitten?"

„Zu erbitten, Bischöfliche Gnaden, habe ich nichts. Ich komme um mein Recht." Josef stockte. Stockte unwillkürlich und legte die Hand über seine Stirne. Es flimmerte vor seinem Blick. Wie krank er körperlich und seelisch gewesen, empfand er erst jetzt in dieser furchtbaren Stunde.

Carol Vierfacher saß in seinem Sammetfauteuil, steif aufrecht. Er war ein vierschrötiger Mensch mit rotem Gesicht, die Augen sehr hell, schmal und fest die Lippen. Keine große Klugheit, aber sehr starke, eigensinnige Willenskraft sprach aus seinen Zügen. Sein Organ war wohlgeschult und wechselnd im Ausdruck. Es gehorchte ihm stets. Jetzt sah sein Gesicht, das zweifellos auch froh lächeln und liebevoll blicken konnte, außerordentlich hart aus.

„Sie sind krank gewesen, setzen Sie sich", sagte er. „Wollen Sie ins Spital zurück? Sie scheinen ein unglaublich schwacher Mensch zu sein, ein halber Krüppel!"

„Ich habe den anstrengenden Dienst in Habersdorf allein versehen. Gut versehen, sagt die Gemeinde."

„Darüber beklagen Sie sich? Davon sind Sie ja nun befreit."

„Ich bitte, ihn weiter versehen zu dürfen. Ich fühle mich berechtigt zu dieser Bitte."

„Sie fiebern wahrscheinlich noch, da Sie jeden Moment Ihre Ernennung zum Hilfspriester in Cospann vergessen."

„Ich bin gekommen, um Aufklärung zu erbitten, Bischöfliche Gnaden! Es ist mein Recht, zu fragen, welche Schuld habe ich auf mich geladen, um vom selbständigen Seelsorger zum Kaplan degradiert zu werden?"

„Der Untertan gehorcht, ohne zu fragen. Wer ist hier Herr, Sie oder ich?"

„Weder ich noch Euer Gnaden in diesem Sinn!" Öttingers Stimme erhob sich. „Wir haben beide die Weihen, sind beide Priester. Sie sollen mein Führer und Berater sein, nicht ein Despot für mich, der das Recht des Stärkeren übt. Das Recht der Kirche ist kein Faustrecht." Es war das kühnste Wort, das wohl jemals einer hier gesprochen haben mochte. Bischof Carol sah den, der es gewagt hatte, mit seinen hellen Augen an, prüfend, abwägend.

„Ich finde es für gut, Ihnen jede Selbständigkeit zu entziehen, Herr Öttinger. Ich schicke Sie nach Cospann, und Sie werden hingehen."

„Ich kann nicht dorthin gehen, Euer Gnaden! Ich kann einfach nicht. Im Namen der Menschlichkeit bitte ich mich anzuhören."

„Machen Sie's kurz."

„Ich habe einen arbeitsunfähigen Vater, dessen Existenz vollständig von der meinen abhängt. Ich hatte ihn in Habersdorf bei mir. Als Provisor ist das möglich. Als Kaplan muss ich ihn dem Elend preisgeben."

„Es gibt Armenhäuser", sagte der Vorgesetzte kalt.

„Armenhäuser? Eh' ich meinen Vater der öffentlichen Wohltätigkeit opfere, lege ich mein Kleid ab und arbeite für ihn."

Josef rief es in höchster Erregung. Wieder maß ihn Carol mit kühlem Blick. „Du sollst Vater und Mutter verlassen und mir nachfolgen!", zitierte er. Aber es klang hart, nicht wie das milde Wort eines Priesters.

Die Blicke der Männer kreuzten sich wie Klingen.

„Ich werde das vierte Gebot heilig halten."

„Tun Sie das. Aber vergessen Sie nie: Erst Priester, dann Mensch! Sie sind ja übrigens ein wohlhabender Mann, mein Lieber. Sie halten Ihr Geld sehr vorsichtig und äußerst weltlich zusammen. Ein Hang zur zweiten Todsünde dürfte von Ihnen immer milde beurteilt werden."

„Herr Bischof!"

„Was? Beherrschen Sie Ihre – krankhafte Erregung, die Ihre Dienste als außerordentlich wertlos erscheinen lässt. Ich hindere Sie nicht, da Sie keinen Sinn dafür haben, Ihr

Scherflein in den Dienst Ihrer Mutter, der Kirche, zu stellen, es selbstsüchtig zu verwenden. Zahlen Sie Kostgeld für den Alten."

„Es genügt das nicht. Seine Kinder müssen um ihn sein, sich seiner annehmen. Nur sie können ihm ein gutes Alter und einen friedlichen Tod schaffen. Lassen Euer Gnaden mich in Habersdorf bleiben, wenigstens solang der alte Mann lebt. Ich demütige mich um seinetwillen. Ich bitte, ich flehe darum, dass diese bescheidene, selbständige Existenz mir erhalten bleibe."

Öttingers Stimme zitterte. Krank und elend saß er da, schon gebeugt in frühen Mannesjahren.

„Man soll einen Menschen nicht zur Verzweiflung bringen", sagte er. „O Herr! Dass wir Ärmsten unter den Armen, wir kleinen Diener Gottes, bei denen, die groß sind wie Sie, Halt und Stütze fänden!"

Matt schloss er einen Augenblick die Augen. Carol hatte sich etwas zurückgelehnt. Ruhig musterte er den erschöpften Sprecher, dem die heiße Seelenqual vom Gesicht abzulesen war.

„Ihre Gedanken beschäftigen sich wenig mit Gott und viel mit den Menschen, Herr Öttinger. Lassen Sie die Familiensimpelei den Protestanten über. Sie sind ein katholischer Priester und" – Carol erhob sich, wie das Gespräch abschließend – „Sie gehen nach Cospann, Herr Kaplan."

Er machte eine entlassende Bewegung, aber Öttinger ging nicht. Seine Brust flog in heftigen Atemzügen, sein Gesicht war totenblass.

„So verlange ich zuerst vor Gericht gestellt zu werden und meine Schuld nennen zu hören, wegen der ich degradiert werde und von heute ab dastehen soll als ein Priester, auf dem ein Makel liegt. Ungehört verdammt man keinen Menschen, vernichtet man keine Existenz, die sich brav gehalten. Ich appelliere an die geistliche Gerechtigkeit."

„Deren höchste Instanz für Sie bin ich!"

„Ich appelliere an Rom …"

„Ihr Weg nach Rom geht über mich. Ich komme von dort, mich wird man hören. Es gilt nicht des Kaplans, es gilt des Bischofs Wort. Ich finde Sie schuldig, finde es nötig, Sie zu demütigen, Sie sind nicht ein Priester nach meinem Sinn."

„Gott sieht in mein Herz, das ihm ein würdiger Altar ist!"

„Schmücken Sie diesen Altar mit solchen Heiligenbildern?"

Carol hatte plötzlich mit raschem Griff der Mappe auf dem Tisch ein Blatt entnommen. Er hielt es Öttinger entgegen. Dieser fuhr mit einem Aufschrei zurück. Es war das verloren geglaubte Bild der Wolterer Vroni.

XIV

Ein atemloses Schweigen. In den Augen Carols las Josef vernichtend, erbarmungslos sein Urteil.

„Es ist das Bild, das sie mir als letzten Gruß für den Pfarrer von Scheran gegeben hat", stammelte er.

„Woher kennen Sie das Mädchen? Es gehört nicht in Ihre Gemeinde."

„Pfarrer Wolter sandte mich kurz vor seinem Tod zu ihm. Die Vroni ist sein Paten- und Geschwisterkind."

„Sandte Sie zu ihm? Mit einer Botschaft?"

„Ja. Mit seinem Vermächtnis."

„Geld?"

„Ja, Geld!", stieß Josef hervor. „Sein Erspartes, mit dem er das Familiengut dem Kinde retten wollte."

„So. Und Sie geben sich her zum Zwischenträger? Sie vermitteln die Geldgeschenke eines Priesters an Privatpersonen. Sie trugen das Geld der Kirche, im Dienste der Kirche verdient und erspart, heimlich fort, als Bettelgroschen zu verkommenem Volk und unterstützten die letzte Sünde eines Priesters, der irregeleitet und im Strafdienst war?"

Der Bischof sprach beredt, wuchtig, mit wirklicher Rednergabe. Seine Augen blitzten.

„Genug!", rief Öttinger außer sich. „Stellen Sie mich vor ein weltliches Gericht, und wir werden hören, ob ich gefehlt habe. Ich habe nicht gefehlt, weder vor Gott noch vor der Welt."

„Was kümmert mich ein weltliches Gericht", sagte Carol eisig. „Die Kirche hat Sie gewogen und zu leicht befunden, Sie sind nur ein Priester dem Kleide nach. Im Übrigen ein kleiner Mensch, dessen Leidenschaften ich geziemend in Fesseln lege. Und nach dem Verrat, den Sie mit dem Scheraner an mir geübt, wagen Sie es noch hierherzukommen und eine Maßregel zu bekriegen, die ich für nötig fand. Herr, ich wusste nicht, dass Sie Wolters Werkzeug im Unrecht gewesen. Ich dachte, Sie hätten dem Mädchen Ihr eigenes Geld geschenkt, dachte an irgendeine menschliche Schwäche."

„Das ist zu viel! Zu viel!", brach Josef los.

„Diese Schwäche – ich hätte sie gestraft und – vergeben", vollendete Carol. „Die Sünden des Menschen verzeih' ich. Die Sünden wider die Kirche nicht. Genug. Sie sind entlassen, Herr Kaplan von Cospann."

Josef Öttinger ging. Er wusste, dass er nichts mehr zu hoffen hatte.

XV

Mit dem Gefühl eines Sterbenden schleppte er sich heim. Sein Leben lag vor ihm zerbrochen, abgeschnitten, ein verstümmeltes Zerrbild. Wäre der alte Mann nicht gewesen, der im Habersdorfer Pfarrhof so bang seiner harrte, Öttinger hätte eine Verzweiflungstat begangen. Der Gedanke an den Vater erhielt ihn. – –

Heimgekehrt, verrichtete er seine Amtspflichten wie im Traume. Dann schloss er sich in seine Stube ein und begann nachzudenken. Was sollte nun werden?

Schon einmal endlich, nach langem Ringen mit Sturm und Wellen den ruhigen Hafen erreicht haben und tief darin aufatmen. Schon einmal befreit gewesen sein, von Kerkerqual sich gerettet glauben – den Blick freier heben! Und dann wieder hinausgeschleudert werden in die Flut, wo sie am wildesten tost! Das ist viel für eine kämpfende Menschenseele.

Nun sollte es wieder beginnen, dies willenlose Gejagtwerden von Ort zu Ort, von Botmäßigkeit unter Botmäßigkeit, unbeschützt, ohne Rechte. Von dem Charakter des jeweiligen Pfarrers oder Dekans allein hing jedes Mal die Existenz des Kaplans ab; es gab keine Norm, keine Vorschrift für dessen Behandlung. Er war den Eigenheiten, der Willkür eines Menschen preisgegeben.

Aber nicht an sein eigenes Schicksal dachte Josef Öttinger in diesen dunklen Tagen. Der Blick des alten Mannes verfolgte ihn, der hilflos bettelnde Blick, der Schutz und Stütze suchte.

Nun war er des harten Lebens in den Bergen, der elenden Kost, der furchtbaren Einsamkeit entwöhnt, der Öttinger Sepp. Ihn in die dunkle, dumpfe Waldhütte zurückschleppen, hieß einen Mord begehen. Was sollte Josef beginnen. Er zerwühlte sein Hirn in schlaflosen Nächten, von marternden Gedanken gepeitscht, zu Tode gequält. Er flehte zu Gott um einen rettenden Gedanken. Und die Zeit verging. Für den Sonntagnachmittag hatte er seinen Bruder bestellt. Der kam herab aus dem Hochgebirge im

Ledergewand und Lodenmantel; die kurze Pfeife legte er respektvoll zur Seite, ehe er des geistlichen Bruders Stube betrat. Er wusste von nichts, hatte dem Vater einen selbstgebrauten Schnaps aus Gebirgsbeeren und allerhand Kräuter in einem großen, roten Tuch gebracht. Achtungsvoll schob er seine eckige Figur herein und setzte sich auf die Bank beim Ofen.

„Dei Karten hab' i kriegt; was schaffst, Josef?", fragte er.

Er war ein guter Mensch, fleißig bei der Arbeit, langsam von Gedanken, aber nicht dumm.

„Hat's di' wieder gehabt? So viel schlecht schaust aus, Ehrwürden. Aber der Vater, der macht si'."

Josef sagte ihm kurz, was geschehen sei. Er sprach mit rückhaltloser Offenheit, knapp, verständlich. Der Öttinger Hans hörte zu mit erbleichender Wange.

„Dös kimmt wia'r a Hagel in d' junge Saat und derschlagt uns alles!" So fasste er endlich seine Eindrücke zusammen. Er sah den Bruder an und suchte nach Worten.

„Muass denn der rechtschaffene Mensch allweil der G'strafte sein; heutigentags allweil z'kurz kema", sagte er endlich.

Josef verbiss die Seelenqual in seiner Brust. Er blieb ruhig, wo er laut hätte aufschrei'n mögen. „Der Vater soll so wenig als möglich d'runter leiden, Hans. Wir müssen vor ihm die Sache beschönigen. Er darf die Wahrheit nicht erfahren."

„Schier jung word'n is er bei dir, Josef. Kaum dass i'n derkennt hab', so guat schaut er aus. O du mein! Dös is a harbe Welt. Was werd'n ma jetzt anfangen!"

„Dein Bauer ist ein braver Mensch. Er würde den Vater in Kost und Wohnung nehmen."

„Der Bauer wohl. Sei' Weib a. Sein rare Leut' dö zwoa, soviel zuteilsam. Aba du kennst'n ja, unsern Alt'n. Er bleibt nöd. Er bleibt niederscht bei fremde Leut'. Nöd um ein G'schloss bleibt er. Und gar in an Haus, wo ich Knecht bin! Da kimmt's allweil schier wild über eahm, 's Hausbesitzerische. Sei' Keusch'n! I bitt' di'. Er hat aso was ma bei an noblig'n Mensch'n, der si' a doktorische Beobachtung zahl'n kunnt, an harmlosen Größenwahn hoass'n möcht'. 'S hilft da alles nix. Wia'r er is, is er. Kannst nöd Vernunft red'n mit so an Waserl, woasst 's e. Na und er bleib' halt ja do' der Vater, 's letzte was mir hab'n, mir zwoa. Müss'n scho' schau'n, dass er sei' geziemsam's Ableb'n hat bis zum End'."

Öttinger hörte zu, den Kopf in beide Hände gestützt. Der Bruder sah sein Gesicht nicht. Er sah nur das ruckweise Beben seines hageren Körpers, den es schüttelte, wie ein wildes, inneres Schluchzen.

„Josef", stammelte der Holzknecht betreten. „Josef!"

Er verehrte den geistlichen Bruder sehr. Er blickte zu ihm auf von Jugend an, obschon er als zehnjähriger Bub den Neugeborenen auf den Armen getragen und als Kindeswärter und Ziegenhirt in einer Person behütet hatte. Das Wickelkind legte er sorglich neben sich auf die Gebirgsmatte, wenn er die Geisen auf die Weide trieb, und konnte es stundenlang betrachten. Er wickelte es auch an den heißesten Tagen außerordentlich warm ein, besonders um Kopf und Brust, getreu den heimatlichen Begriffen. Die Füße, die konnten schon bloß sein, das schadete nicht. Er scheuchte die Fliegen von dem winzigen Gesicht und tränkte das Kindchen, so oft es schrie, mit frisch gemolkener Milch. Er machte sich Pfeifen und blies ihm vor, oder jodelte eintönig und geduldig, bis die Augen des Kleinen im Schlaf zufielen. Josef war immer dem geistlichen Stand bestimmt gewesen. Als der ältere Bruder ihn zum ersten Mal im schwarzen Rock sah, küsste er ihm die Hand. Er war ein stiller Mensch, der Öttinger Johann. Seine einfache Frömmigkeit klügelte nicht. Sie war die in sich gekehrter

Gemüter, auf welche die Natur mehr einwirkt als Menschenrede. Gott sprach zu ihm, war ihm gegenwärtig, wenn er im Hochwald arbeitete, wenn die Gießbäche um ihn brausten und der Frühmorgen leuchtete wie ein Auferstehungstag. Gott war ihm gegenwärtig, wenn er seinen Bruder am Altar sah. – – –

„Josef", sagte der Öttinger Hans betreten … „Josef!"

XVI

Er stand auf und trat hinter den Priester. Schüchtern, schwerfällig legte er seine Hand auf dessen schmale Schulter und beugte sich herab.

„Schau, Josef, derkränk' di' nöd", sagte er mit zitternder Stimme.

„Wia's is, muss's g'nommen werd'n, just so."

Eine große Resignation lag, ihm unbewusst, in diesem Spruch, den er oft und gern sagte. Eine Resignation, in deren Wahrzeichen auch sein armseliges, enges Leben stand.

Ergriffen von dem Klang seiner Stimme sah Josef auf. Der andere erschrak heftig über sein verstörtes Gesicht, ließ es sich aber nicht anmerken.

„'S geht an jed'n nöd aus, wia'r er möcht', Bruader. Kannst mir's scho' glaub'n. Nöd dass i so a G'schmeiß wia'r mi' mit oan' wia du wollt vagleichen, aber schau', mi' druckt a mei Packl. Vierzehn Jahr' is' jetzt, dass mir einig sein, die Agerl vom Gubitzl-Häusler, in der Klam, und i! Vierzehn Jahr', Josef, und sie dient no' immer und i dien'. Mir hab'n uns so gern, und mir werd'n alt d'rüber, 's Jungsein vageht. Und koa Z'sammkema, koa Heirat'n mögli und – und – unser Bua scho' zehn Jahr' und allweil Halterbua, bei fremde Leut'."

„Du hast ein Kind, Hans!" Öttinger rief es vorwurfsvoll und mitleidig zugleich. In des andern Wange stieg ein heißes Rot, er sah zu Boden.

„Sel wohl. Meiner Söl, und 's g'freut mi', dass i oans hab', dös a no. Muasst nöd z'streng richten, woasst, unsereins hat sogar koa Lebensrecht und koa Aussicht, dass 's si' halt aft a mal a Recht nimmt. Ma därf dö Agerl nöd mess'n, wia'r a Stadtfreil'n, für die 's Nest g'richt wird, dass si bloß einisitz'n braucht. Dö Agerl hat's hart und is a brave Dirn! Treu is s' mir a für zehne. Heut' liab'n wia'r, morg'n heirat' ich's, wann i könnt! Aba i kann nöd, i wia'r nia könna. 'S Leb'n vageht über'n Bauernknechtsein, und wenn mia zwoa amal z'sammkema, dö Agerl und i, aft wird's in Armenhaus sein, und der Bua, der nia a Heimat, nia a Leb'n bei di' Eltern g'habt hat, der wird auf die Eltern vagess'n." Der Hans brach ab. Er fuhr sich heftig mit der Hand über die Augen, dann schüttelte und reckte er seine derbe Gestalt energisch, als wolle er damit sein Lebenselend abschütteln. „I hab' dir's nur vazält, dass du siachst, an anderer Mensch hat a sein Buck'l voll Elend", sagte er entschuldigend, unsicher.

Öttinger stand auf und umfasste seine Hand mit warmem starken Griff. Sie sahen einander an, die Augen wurden ihnen nass. – – Beiden.

Da steckte der alte Mann seinen Kopf zur Türe herein. Er tat es ängstlich, bescheiden, anfragend. Er lachte mit dem ganzen Gesicht, als er die Brüder so stehen sah, ganz nah beisammen.

„Der Josef is koa Hochmütiger word'n, Hans'l", konstatierte er naiv.

„Nein, Vater, kein Hochmütiger." Josef atmete tief auf. „Ich g'hör zu euch und ihr g'hört zu mir. Gott helf' uns weiter." – – –

„Kann i leicht 'n Hansl a weng was z'fudern geb'n?"

„Ja, tu' das, Vater. Und dann komm' zurück, hierher, Hans. Ich will dir Bescheid sagen."

XVII

Ein halbe Stunde später stand Johann wieder vor dem Bruder. Der empfing ihn viel ruhiger.

Er war sehr blass, und um seinen Mund lagor ein strenger Zug. Aber er gab dem Hans ein gutes Wort und hieß ihn sich setzen.

„Ich bin zum Schluss und zum Entschluss gekommen, Hans", sagte er. „Als Priester ist es meine Pflicht zu sorgen, dass dein Verhältnis mit der Agerl die Weihe, dein Kind das Elternhaus erhält. Als Sohn habe ich meinem Vater um jeden Preis ein Heim zu sichern. Weißt du dir ein Geschäft, das zu kaufen ist, das dich selbständig machen könnte?"

Johann wechselte die Farbe.

„Sel wohl, sel wohl", sagte er. „'S Wirtshaus auf Ampfing is zu verkauf'n. 'S einzige Wirtshaus im Ort. Liegt schön just beim Wald, das a no'. 'S war no' a zweit's bei der Kirch'n in Ort, aber das hat der frühere Bischof und die Geistlichkeit auf'kauft und kassiert, weil sich's nöd schicksam erweist, a Wirtshaus so hart an der Kirch'n. Jetzt ist der Schichtenwirt der alloanige in Ampfing. Und zu verkauf'n is 's Anwesen, a weng a Viach, a Grund, alles beinand, wia aufg'mal'n. Dös wär' wohl was, hab' i' denkt, wia s' mir's verrat'n hab'n, aber 's kost Geld, halt ja! Sakrisch! Dö Anzahlung allein scho' achttausend Guld'n, der Rest kunnt lieg'n bleiben. – Na, red' ma nöd davon, 's is gescheiter."

„Reden wir davon, im Gegenteil", sagte Öttinger. „Du sollst die achttausend Gulden haben, Johann. Kaufe die Schichtenwirtschaft, heirate und nimm den Vater zu dir. Ich werde dir das Geld geben."

Johann fuhr halb vom Sitz auf und starrte den Sprecher an.

„Di' hat 's Narrische beim G'nack oder dei G'hirn is wieder krank word'n", schrie er drastisch. „Hol' der Teufel aso a G'redt!"

„Hans! Du bist im Pfarrhof. Und was ich rede, werde ich tun – ich bin gesund und bei Verstand, hörst du? Ich werde dir achttausend Gulden geben, und du wirst Schichtenwirt sein."

Johann stieß einen heiseren Aufschrei aus. Er riss sein Halstuch auf und ächzte nach Luft. Sein Gesicht wurde blaurot.

„Die Agerl sollt' do' no' mei' Weib werd'n!", stammelte er.

„Ja", sagte Josef tonlos. „Du sollst Weib haben und Kind und den Vater." Er trat zu seiner Kasse und entnahm ihr eine Anzahl Depositenscheine. „Hier ist das Geld. Ich werde gleich die Bank benachrichtigen."

„Und dir, was bleibt dir?", schrie der Knecht auf.

„Mir? Zweitausend Gulden. Noch immer ein Pfennig für die äußerste Not."

„Josef! Josef!"

Öttinger blickte still verwundert auf den sonst so ruhigen, schwerfälligen Menschen. Der war von seiner Bank herab in die Knie gesunken und weinte laut. Er erschien dem Priester wie ein Geschöpf anderer Art, anderer Welten. Josef entsann sich, wie ruhig, wie gleichgültig er die Erbschaft hingenommen hatte. Er hatte diese große Freude nie empfunden, nie dies Aufglühen im ganzen Herzen. Freilich, was jener sich mit dem Geld errang, das war das Glück. Für Josef gab es kein Glück, das errungen werden konnte. Und – ein Streber oder ein Genussmensch war er nicht.

Er trat zu dem Bruder und legte ihm die Hand auf die Stirne.

„Nimm dich zusammen, Hans! Schäm' dich! Du bist ja kein Halterbub' mehr!"

„Na, kei' Bua, meiner Söl und God! 'S is höchste Zeit für mi'!", schrie der Hans laut aufjauchzend. „Josef, i' sag' nix als wia – ich sag' nix, ja, i' sag' nur." Er stockte und ein Schatten ging plötzlich über sein Gesicht. „Aber ehrli' bleib' i' do', und dös muass i' di' no' aufmerksam machen, die Zeiten sein hart, ma hat nur 's Drauskema in an jeden Stand. I' kann dir 's Z'rückzahl'n nöd vasprech'n, Josef! B'sinn di' no'!"

„Das Geld ist ein Geschenk", sagte Josef gerührt.

Da gab es kein Halten mehr für den Öttinger Hansl. Er wirbelte seinen Hut in die Luft und stieß einen Juheschrei aus, bei dem der Vater und die Wab'n entsetzt herbeistürzten.

„Lasst's mi' aus! Lasst's mi' geh'n! 'S Haus wird mir z'eng. I' muass der Agerl 'n neuchen Schichtenwirt zeigen! B'hüat Gott derweil, das muass i'!"

Und fort schoss der Hans, an dem Bruder vorbei. Der sah ihm nach wie einem, der als Sieger in ein unbekanntes Land stürmt: In das heilige Land des Menschenglückes.

XVIII

Alles war geordnet. Der Kauf des Gasthauses perfekt gemacht, die Hochzeit des Öttinger Hans'l angekündigt. Er hatte seine Braut nach Habersdorf zu Besuch gebracht, ein abgearbeitetes, stilles Geschöpf mit Augen, die an das Glück noch nicht glauben wollten. Hans glaubte daran, er war wie toll.

Öttinger mahnte ihn sorgenvoll, dass ein Leben harter Arbeit und Verantwortung vor ihm liege.

Der Öttinger Sepp war mit allem zufrieden. Er freute sich auf das Wirtshaus, auf Hans'ls Buben. Und sein Lieblingssohn kam in die reiche Pfarre Cospann. Vielleicht würde er bald als Herr dort hausen. Des Alten Begriffe waren nicht sehr klar.

„Mi' g'freut's bloß, dass du di' aso in's Volle einisetzt in Cospann", bemerkte er wiederholt in diesen letzten Tagen. „Sonst gang i schwer von dir, recht schwer, du bist ja alleweil der meine, du z'erst. Aber pass auf, wannst amal Dechant bist. Aft kimm i in's Hoamsuchen. Du wirst no a B'sondrer! Aso a Mensch, wia du bist, gibt sein ganzes Gerstl für'n Bruder her. So was is geistli' g'handelt, wia's unsern Heiland g'fallt. Gott lohnt's dir schon no', sag i. Wann i an andrer wär, mir kemat 's Flennen."

Und jetzt war alles zu Ende. Alles. Der letzte Tag brach an vor der Abreise. Morgen früh erschien der neue Provisor von Habersdorf, und Josef brach auf nach Cospann.

Der Vater war schon fort. Johann hatte ihn abgeholt und nach Ampfing gebracht. Josef Öttinger saß allein, zum letzten Mal, in der Studierstube des Habersdorfer Pfarrhofes. – – –

Die Periode seiner Selbständigkeit war zu Ende. Vorüber für immer, das wusste er. Er starb sich selber ab, seinen Hoffnungen, seinen Plänen. Wie lange würde die Kraft ausreichen, um sich überhaupt noch scheinbar zu halten. Es war ihm, als sterbe auch der Priester in ihm, der begeistert aufwärts geschaut hatte mit dem Wunsch und der Überzeugung, Gutes zu stiften. Er hatte keine Gemeinde mehr. Er fristete als dürftiger Mensch eine elende Existenz. Furchtbar war es ihm, dass er so ganz ohne Abschied von dieser Gemeinde gehen musste, wie ein Verbrecher. Hier liebten ihn viele und schätzten sein Wort, viel hätte er ihnen zu sagen gehabt in der Scheidestunde. Unmenschliche Grausamkeit verschloss ihm die Lippen. Er musste schweigend gehen. Sie alle, auch sie schwiegen. Niemand kam, Abschied zu nehmen. Er wusste nicht, was man von ihm dachte. Heimlichen Frevels schuldig, stand er da. So blieb er in ihrem Andenken. Solch ein Schicksal, wie es Josef Öttinger traf, lenkt Menschennaturen aus ihrer Bahn. Zusammenbrechen oder dulden heißt es dann. Schlecht werden oder – – – irrsinnig.

XIX

Er ging zum letzten Mal in den Wiesen umher, die um den Pfarrhof lagen. Sie standen voll bunter Krokusblüten und dufteten. Obstbäume blühten auf im leuchtenden Sonnenglanz. Die Erde war jung, bräutlich. Er stand unter den Birnbäumen, von denen es gelblich-weiß auf ihn niederrieselte Da kam den schmalen Steig entlang ein Mädchen im dunklen Sonntagsstaat und schritt auf ihn zu. Es war die Wolterer Vroni. Er ging ihr entgegen und bot ihr die Hand, sein Herzschlag stockte. „Du kommst zu mir?", sagte er.

„Ja, zu dir, geistlicher Herr. Sie sagen, du gehst fort."

„Ich gehe morgen." Ihre Hand lag kalt, zitternd in der seinen. Er hielt sie fest und sah das Mädchen an. In sein schmales, welkes Gesicht stieg eine frohe Röte. „Dein Anblick tut mir gut, Vroni", sagte er still.

Er wusste, dass die Wab'n im Garten Pflanzen aussteckte und ihn beobachtete. Rings umher arbeiteten Leute und blickten auf ihn. Es galt ihm gleich, ganz gleich. Er, der früher so scheu und ängstlich bemüht gewesen, auch jeden Schein zu meiden, er genoss diese Augenblicke aus, wie eine letzte volle Lebensstunde. Die Augen der Vroni füllten sich mit Tränen.

„Du gehst auf Cospann als Kaplan, Herr? Es wird dir hart werd'n. Er is ein Arger, der Dechant, der Sublimer."

„Ich weiß, dass es hart werd'n wird", sagte Josef gleichgültig.

Sie sah ihn verwundert an. „Du bist no' krank, dich sollt' ma pflegen."

Er nickte nachdenklich, als erzähle sie ihm von jemand anderem.

„Musst hin aus Straf'? Hat's dir Leid bracht, Herr, dass du dös Glück zu mir trag'n hast?"

„Viel Leid, und doch freut mich dein Glück, Vroni."

Ihre Tränen tropften heiß auf seine Hand herab.

„Ich werd' für di' bet'n. Sonst kann i nix tun, nix vergelt'n. Allen Leut'n werd i's sag'n, wie's di' ung'recht 'troffen hat, Herr! Wann in dein Stand mehr wär'n so wie du, 's gebet kein Geistlich'nhass weit und breit! Denn's Frommsein is'n Menschen so natürli' wia gern haben und g'sund sein woll'n."

Er nickte still und beugte sich zu ihr herab: „Wir werden uns nie wiedersehen, Vroni. Lass deinen Sohn, wenn du einmal einen hast, Bauer werden und Gott einfach dienen. Gib ihm kein Priesterkleid. Es wird ihn unglücklich machen. Er wird zu viel leiden."

„Geistlicher Herr!"

„Jetzt, nur jetzt steht es so. Andere Zeiten werden kommen. Ganz andere. Dann wird's wieder Ehre und Glück sein, das schwarze Kleid zu tragen. Gott schütze dich, Wolterer Vroni." Er nahm die paar wilden Gebirgsblumen, die sie ihm schüchtern bot. „Gott schütze dich, Vroni. Bete für Josef Öttinger." Seine Augen ruhten auf ihr, flammend, jung, ein einziges Mal. Er blickte sie an als Mensch, nicht als Priester, aber der Blick war klar, ohne Schmach für sie. Sie nahm ihn mit in ihr Leben. – – –

Und er wandte sich zurück auf seinen einsamen Weg. Er hatte begraben.

Zweites Buch

I

Sublimer, der Dechant von Cospann, stand in seinem Kuhstall und überwachte die Pflege, die zwei Knechte einer schönen, lichtbraunen Kuh angedeihen ließen. Sie hatte sich verletzt, war einer Sense zu nahe gekommen, die ein nachlässiger Arbeiter im Stall liegen gelassen hatte. Sublimer war sehr ärgerlich. Ganz vertieft in die Sache, legte er selbst mit Hand an und kam täglich wohl zehn Mal in den Stall. Im Eifer streifte er den schwarzen Rock ab und griff zum Verbandzeug, um die Wunde selbst zu reinigen. Er machte seine Sache so gut wie jeder Tierarzt.

Seine ausgedehnten Äcker, wohlgefüllten Ställe und Scheunen wurden als Musterwirtschaft gepriesen. Sein Vieh, sein Obst und Gemüse erhielten Prämien auf Ausstellungen. Cospann war eine große Gemeinde, die viertausend Seelen fasste. Im fruchtbarsten Teil des Unterlandes lagen die reichen Bauernhöfe, lag der ausgedehnte Ort mit seinen weißen Häusern und Obstgorn.

Der Dechant war Landwirt mit Leib und Seele. Die Seelsorge machte er nebenbei ab und überließ sie so viel als möglich seinem einzigen Kaplan. Er selbst fuhr oft in Geschäften umher, gab große Summen für Kirchenbauten und erfreute sich der vollsten Gunst seines Protektors. In seiner Würde als Priester machte er wenig von sich reden. Sie verschwand hinter dem Gutsherrn, den er besser repräsentierte.

„Hochwürdiger Herr Dechant, ein Versehgang wär' ang'sagt", meldete eine Dirne, die sich mit von Stallarbeit beschmutzten Händen zur Türe hereinschob.

Sublimer sah nicht von seiner Beschäftigung auf. „Wer ist's?", rief er mürrisch. „Der Stummer Wirt?"

„O na, der fahrt nöd so leicht ab von sein Geldsack. Bloß die alte Weberlorl."

„Die? Ja, zu was kommst denn dann zu mir, die Urschl? Geh', sag's 'n Kaplan."

„I' bin a bei seiner Tür g'wen, aber er mag nöd."

„Was, er mag nicht? Hat er das gesagt?"

„Na, g'sagt hat er's nöd. Aber er is erst vor aner Viertelstund' waschelnass heimkema, seit früh um sechs Uhr is er ausg'wen und jetzt is es viere. Er liegt auf'n Bett und 's schebbert (schäppern) ihn aso, wie im Fieber."

„Hat er Mittagessen gehabt?"

„Na. Nix."

„Dann braucht er auch keins mehr. Aber aufg'schrieben wird's. Ein Gulden zwanzig pro Tag, ob er's isst oder nicht. Ordnung muss sein. Ich kann keine Ausnahm' machen. Und jetzt geh' und mach' ihm Füß'. Ich lass ihm sag'n, er soll augenblicklich zur Weberlorl mit'n Allerheiligsten gehen. Augenblicklich."

Die Dirne schlurfte davon. Sublimer wandte sich wieder seiner Kuh zu. Dann überflog sein Blick befriedigt die langen Reihen prächtiger Rinder, die in dem warmen, heudufftenden Stall standen. Nebenan fütterte ein Knecht die vier Pferde des Dechants. All sein Vieh wurde außerordentlich gut gepflegt und gewartet.

An die kleinen, halbblinden Stallfenster schlug ein eisiger Spätherbstregen. Es war Ende November, die Zeit ungewöhnlich ungesund. Im Land war kaum noch Schnee gefallen – aber ein dicker, schwarzer Nebel braute voll giftigen Dünsten über der Gegend. Seit Wochen hörten die

Niederschläge nicht auf. Straßen und Häuser standen im Wasser.

Sublimer war es gleich. Die Ernte hatte man gut eingebracht. In Scheunen und Speichern duftete das goldene Korn, das reiche Heu der Wiesen, in den Kellern, auf der Mostpresse häufte sich Obst in gelbroten Lasten. Dem hässlichen Vorwinter war ein selten guter Sommer vorangegangen. Der Landwirt war einmal auf seine Kosten gekommen.

In Cospann standen übrigens die Sachen ernster, als man es der gleichgültigen Miene des Dechanten ansah. Die Influenza war ausgebrochen und wütete heftig. Lungenentzündungen rafften Menschen in wenigen Tagen weg. Kaum ein Haus war ohne Krankheit. Sublimer schüttelte den Kopf, wenn im Gasthaus die Rede darauf kam, trank viel Cognac und war für seine Person sehr vorsichtig. Er ging nicht gern zu Kranken und tat es nur in besonderen Fällen, wenn ein Versehgang zu reichen oder angesehenen Personen angesagt wurde. Er machte viel aus seiner Person, mischte seine geistlichen Ratschläge stark mit weltlichen, kommandierte, wo er sich nicht Zeit nahm zu überzeugen und wirkte durchaus realistisch auf seine Gemeinde ein.

„Der Sublimer, der kann's, der is a Rarer", sagten sie in Cospann halb spottend, halb respektvoll. „Der druckt dir aus 'n kleinsten Ei no' allweil zwei Dotter außer. Zum Handeln sindst'n allweil z'Haus, und hantig krallt er dir auf's Geldtaschl ausi. Wann er a nöd zu der Menschenseel' recht zuakann, auf 'n Buckl steigt er dir ordentli' sakrisch, wann er will. Und just auf's Beerben kennt der si' aus. Der Vierfacher mag 'n leid'n."

Sublimer nickte gemütlich, wenn ihm dies Urteil seiner Gemeinde zu Ohren kam. Er legte sich keine Beschränkung auf und organisierte sein Haus, wie er wollte. Seine

Schwester führte ihm die Wirtschaft. Auch sie war eine genaue, mehr als sparsame Hauserin.

Vierfachers Vorgänger war oft nach Cospann gekommen, um die große Pfarre selbst zu inspizieren. Er war ein pflichttreuer Mann gewesen, mit barmherziger Hand und leidenschaftlich religiösem Gemüt, einer der meistgenannten Bischöfe der Zeit. So streng er war, hatte er doch den besten Teil des Klerus zum treuesten Anhänger. Man liebte ihn, es ging eine gewisse selbstlose Größe durch sein Leben, die auf junge Gemüter mächtig wirkte. Selbst in seinen Fehlern verleugnete sich diese Größe nicht. Als er starb, beweinten ihn viele.

Umso schärfer kontrastierte sein Nachfolger mit ihm. Er trat energisch und in seiner Art erfolgreich auf. Er stützte sich auf Protektion hoher Persönlichkeiten und arbeitete für seinen schrankenlosen Ehrgeiz. Arbeitete für ein Ziel, ohne sich zu zersplittern. Er lebte seiner eigenen Person, nicht der Kirche.

Nach Cospann kam er nie, seit er Sublimer dort installiert hatte. Die Pfarre war reich, die Seelsorge sehr groß. Drei Kapläne hatten sie früher auf Befehl des Bischofs gewissenhaft geleitet. Nun begnügte sich Sublimer mit einem Kaplan. Es ging, wie es gehen mochte.

II

„Er gibt gar ka' Antwort, Hochwürden Herr Dechant! Er liegt mit'n Kopf zur Wand und rührt si' nicht." Die Dirne war zurückgekommen und berichtete mit dem angenehmen Gefühl, etwas Ungewöhnliches mitzuteilen. Ein Kaplan, der nicht versehen gehen wollte! Arg schlimm war das!

Sublimer bekam einen sehr roten Kopf.

„Wartet jemand von der Lorl?"

„Na, sie sein schon fort."

„Dann marsch an deine Arbeit!"

Die Kuh war fertig bandagiert. Ihr Besitzer inspizierte noch Stall und Futterraufen, dann stieg er die eisige Steintreppe des großen Pfarrgebäudes empor und durchschritt die langen Gänge. Auf einer Art Hühnersteige klomm er zu dem Bodenzimmer empor, in dem der Kaplan wohnte. Er schlug den Rockkragen hoch, das Zimmer war ohne Ofen, eiskalt. Sublimer stieß die Türe auf.

„Na, he, Kaplan! Muss ich selber kommen, Ihnen Füß' machen?", schrie er eintretend. Ein feuchter Dunst schlug ihm entgegen. Auf den rohen Holztisch hingeworfen lag ein Mantel, der vor Nässe triefte, und ein tropfender Hut. Josef Öttinger lag wirklich auf seinem Bett; wie hingeschlagen lag er da in den groben, buntgewürfelten Decken, seine Zähne schlugen aneinander. Die sechs Monate in Cospann hatten ihn sehr verändert. Sein Gesicht war härter geworden, die Augen blickten trotzig. Hager und scharf traten die Züge hervor, mitleiderregend.

„Ich werde mir einen Riegel an die Türe machen lassen, damit ich nicht fortwährend gemartert werde", antwortete er, ohne sich aufzurichten.

Seine Stimme klang heiser und matt.

Sublimer blinzelte ihn an und setzte sich dann gemütlich auf den einzigen Stuhl.

„Sie müssen jetzt geh'n, Kaplan, und die Weberlorl versehen, wissen's."

„Sie sehen ja doch, dass ich nicht kann."

„Ich seh' gar nix, als eine gewisse Faulheit, die bei uns nicht geht, Manerl!"

Sublimer verlor nie seinen gutmütig-phlegmatischen Ton. Er beutete die Leute aus, aber er redete immer mit ihnen im Biedermannston.

„Stehn's auf. Aber schleunig, sag' ich."

„Ich bin seit fünf Uhr früh auf den Beinen. Nach der Messe war ich in der Schule, dann besuchte ich Kranke und machte bis jetzt Versehgänge. Ich habe nichts Warmes im Magen und keinen trockenen Faden an mir. Nicht einmal die Wäsche kann ich wechseln, weil man sie mir im Pfarrhof wochenlang nicht wäscht."

„'S Vieh geht den gestärkten Hemden vor. Sein's nicht eitel, Kaplan, das is a Sünd'. Ihr Essen haben's ja im Pfarrhof."

„Ja, ich weiß. Man berechnet mir das Dreifache von dem, was es wert ist."

„Warum kommen's nicht zur rechten Zeit?"

„Wenn ich drei Stunden weit einen Versehgang habe, kann ich nicht da sein."

„Dann raunzen's nicht, wann's selber schuld sind. Und jetzt machen's weiter. Der Tod wird nicht wegen Ihnen auf die Lorl warten, der hat noch g'nug zu tun."

„Gehen Sie selbst, Herr Dechant, ich gehe nicht", sagte Josef trotzig. „Es ist billig, dass Sie mich einmal auch ablösen. Sie waren den ganzen Tag daheim und haben sich gepflegt."

„Ich hab's Reißen in die Füß; merken's Ihnen das und halten's Ihr Maul über mich. Ich bin marod."

„Ich auch."

„Sie Lausbub, Sie! Werden Sie augenblicklich aufstehen. Ich geh' jetzt und schick' Ihnen einen Kaffee, der kost' mir zehn Kreuzer, weil ich alleweil der zu Gute bin. Die Resi wird keifen über die Verwüstung."

„Und das Mittagessen, das ich nicht gehabt habe?"

„Das zahlen's natürlich, das is immer so. Fragen's im Gasthaus."

„Hier ist also ein Gasthaus."

„Also ich schick'n Kaffee, Sie legen Ihr Zehnerl hin und aft wird aufg'standen."

Sublimer verschwand. Josef warf sich so ungestüm zur Wand, dass sein Kopf an die kalten Steine anschlug. Er fühlte es kaum, vor all dem Ekel, der in seinem Innern gor. Regungslos, stumpf lag er da.

Sublimer kam mit einem blauen Raindl zurück, in dem eine tabakfarbige Flüssigkeit schwamm. „So, da saufen's, Sie fader Ding Sie", sagte er brummig. „Und weichen's der Resi aus, die hat an Viachskrant!"

„Ich gehe nicht," sagte Josef fest. „Sie werden gehen, Herr Sublimer."

Der Dechant trat ans Fenster und schwieg eine Weile. Man hörte den Herbststurm um das Haus rasen, der Regen klirrte in halb gefrorenen Tropfen an die Scheiben. Draußen wirbelten die letzten Blätter auf, im tollen Hexentanz. Sublimer zündete sich eine Pfeife an und begann zu rauchen.

„Vielleicht is sie jetzt schon tot, die arme Person", sagte er vor sich hin. „Und hat ihr ordentlich's Lastl Sünden g'habt. Und a Geistlicher hat's Herz, dass er ihr die letzte Absolution weigert! Dass so was auch noch vorkommen kann."

Josef fuhr heftig auf bei diesen Worten. „So gehen Sie doch, gehen Sie", schrie er außer sich.

„Ich? Ich kann nicht. Mein Fuß is ganz kontrakt." Halb von Sinnen sprang der Kaplan von seinem Lager auf.

„Zur Lorl ist's eine Stunde über Feld", rief er. „Sie haben vier Pferde im Stall, die nichts tun, lassen Sie mir eines anspannen." Und zitternd trank er den Kaffee aus und raffte seine Kleider zusammen, die einen widerlichen feuchten Dampf ausströmten.

„A Pferd anspannen? Mein Lieber, Sie sein' wohl nicht recht g'scheit. Wenn Sie ein Landwirt wären, was Sie übrigens nie sein werden, dann möchten's gar nicht so an Gedanken haben, dass ma an anständiges Vieh bei so an Wetter hinausjagen und seine G'sundheit riskieren könnt'.

Josef sah ihn sprachlos an.

„Also gehn's, gehn's, machen's weiter. Der Messner wart' scho' und noch härter wartet der Lorl ihr arme Seel. Schaun's dazu, dass Sie nicht schuld sein an der Todesangst von ihrer letzten Stund'. So was könnt' unser Herrgott an Priester nie verzeihen. Gehn's! Gehn's weiter." – – –

Und Josef ging.

Sublimer sah ihm nach, geringschätzig lächelnd.

III

So ging Josef Öttingers Leben seinen Gang seit mehr als sechs Monaten. So peitschte ihn die erbarmungslose Hand eines neuen Herren wie einen Heloten zu einer Frone ohne Gleichen. Er darbte und fror geistig wie körperlich, und trotz aufreibendster Arbeit fasste er keinen Fuß in der neuen Gemeinde, denn zwischen ihm und ihr stand Sublimers derbrealistische Gestalt, Sublimers, der ein großer Handelsmann war und ein kleiner Priester.

Sein Mittagsbrot erhielt Öttinger von dem wohllöblichen Fräulein Theresia Sublimer, sie berechnete dieses außerordentlich karge und schlechte Mahl täglich mit ein Gulden zwanzig bis dreißig Kreuzer. Statt des Frühstücks erhielt er fünf, statt des Abendessens sechs Kreuzer und die Weisung, fleißig das Gasthaus zu besuchen.

Unter dieser Lebensweise litt der Mensch, dem die Folgen seiner schweren Krankheit und Gemütsbewegung noch in den Gliedern lag, Folterqualen.

Er hatte kein Heim, keinen Platz am warmen Ofen in der Wohnstube. Sein Zimmer konnte er nicht heizen, die Beleuchtung sollte er selbst bezahlen, die Hand fror ihm an der Feder, die Finger wurden zu steif, die Blätter eines Buches zu wenden. Alle Umstände seiner Existenz zwangen ihn, das Gasthaus jeden Abend stundenlang zu besuchen. Um dort sitzen bleiben zu können, musste er trinken, ob er es auch auf Kosten seiner Gesundheit, seiner Zukunft tat.

So saß er scheu in eine Ecke der dumpfen Stube gedrückt und mühte sich ab, seine Gedanken auf ein Buch oder ein Schriftstück zu konzentrieren. Es ging nicht. Der Raum war schlecht beleuchtet, voll erstickendem Tabakgeruch, am großen Bürgertisch spielten die Männer des Ortes mit schmutzigen Karten Tarock oder politisierten. Sie hatten Öttinger zum Mittun aufgefordert; als er sich weigerte, wurde er ihnen verhasst. Er blieb ganz allein in seinem Winkel, über ein Buch gebeugt, dessen Blätter er nicht umwendete. Manchmal spähten sie zu ihm hinüber, flüsterten und lachten.

Oder sie begannen über Sublimer zu reden, laut, mit einer gewissen Absichtlichkeit. Das war es, was Öttinger am peinlichsten berührte. Dies kalte, spöttische, aller Liebe und Achtung bare Urteil des Volkes über einen seiner Priester. Oft wollte Öttinger aufspringen und ihnen zornig einen Widerspruch ins Gesicht schleudern, sie zur Rechenschaft ziehen.

Aber dann zog Sublimers Bild an seinen Gedanken vorbei. Es zwang ihn zu schweigen.

IV

„Sie, he, Kaplan, glaubens, Sie sind als Fresskünstler hier angestellt? Nein, so was. Lieber gleich a ganzes Bäckerg'schäft in Ihrem Brotladel etablieren! Halt, halt, sag ich."

Und Sublimer nahm Josef das Messer aus der Hand, mit dem dieser im Begriff stand, sich ein Stück Brot abzuschneiden.

Er war, wie zumeist, erschöpft und spät von seinen mannigfachen Obliegenheiten zum Essen gekommen und machte sich hastig an seine schmale, kaltgewordene Mahlzeit. Und jetzt nahm ihm der Dechant das Messer aus der Hand, das er ergriffen hatte, um sich sein Stück Brot zu schneiden. Sublimer hatte die Lacher auf seiner Seite. Fräulein Theresia kicherte giftig, das Gesinde, das Sublimer am Nebentisch essen ließ, um seinen Konsum zu kontrollieren, platzte los.

Öttinger stand auf und verließ die Stube. Manchmal regte sich ein Gefühl in ihm, als ob er sich auf Sublimer stürzen und ihn erwürgen könnte.

„Auch gut, gib seine Schüssel her, sein Essen schmeckt mir besser wie er selber", hörte er den Dechant noch sagen. Öttinger ging in das Gasthaus und nahm dort sein Mittagessen auf eigene, nun doppelte Kosten. Mechanisch hörte er dabei dem Gespräch zweier Viehhändler zu, die über Sublimer loszogen; er hatte sie bei einem Ochsenkauf übervorteilt.

„Zweihundertfünfzigtausend Gulden hat der Erspartes und Geerbtes, ich weiß es ganz genau", sagte der eine. „Allein, was er an die Kapläne erspart, die er halten soll und nicht halt." Sie warfen einen Seitenblick auf Josef.

„Siehst die Jammergestalt; die wird auskocht im Sublimerschen Hauswesen."

Mit dem bitteren Gefühl, bemitleidet zu werden, ging Öttinger umher. Er wusste, dass man ihn um dieses Bedauerns willen weniger respektierte. Sein Ansehen als Priester nahm ab, dennoch arbeitete er noch immer eifrig, liebevoll, sodass sie ihn oft verwundert anblickten.

Ihm selbst erschien es unsäglich lächerlich und traurig, wenn er selbst jemandem Trost zusprach oder mahnende Worte sagte. Er hätte das selbst ja alles gebraucht. Er zuerst, mit diesem inneren Zusammenbrechen seines ganzen

Wesens. Er dachte an Wolter und beneidete ihn. Von der Vroni träumte er jetzt manchmal, obwohl er nicht wagte, an sie zu denken.

Spät abends trieb es ihn wohl auch hier und da noch, in die Kirche zu gehen. Da war es, als ob sie ihm wieder allein gehöre.

Da rief er das Gottesgefühl in sich wach, die religiöse Empfindung, die in dem Markten und Feilschen des Tageslärms so oft zu verstummen drohte. Er legte seinen Kopf auf den harten Stein zu Füßen des Kreuzes, an dem Christus hing, für die Menschheit blutend. Für was für eine Menschheit, o mein Gott! Es quoll aus seinem Herzen hervor, qualvoll fragend.

„Hörst du mich, Herr? Hörst du überhaupt noch auf Menschenstimmen, oder verschlossest du uns schon längst für immer dein Ohr, als jenes Gottesopfer deines Selbst für uns so wenig Früchte getragen? Beten wir vor längst verschlossenen Toren, Heiland? Hast du die preisgegeben, für die du einst gestorben bist?"

V

Als es wieder Frühjahr wurde, hatte Öttingers Widerstandskraft und Geduld ihr Ende erreicht. Seine Eingaben um Veränderung waren unerwidert geblieben. Eines Tages ging er zu Sublimer selbst, der in seinem Krautgarten in dem hölzernen Gartenhaus gemächlich rauchte und Bier trank.

„Ich muss Sie sprechen, Herr Sublimer", sagte er. Es fiel ihm immer schwer, diesem Mann einen hohen geistlichen Titel zu geben; diesem Manne! – – –

„He, was ist denn los?" Sublimer legte die Zeitung beiseite. „Infam schlecht steht die Börs', heutzutag soll man als

Jud' auf die Welt kommen. Na, setzen's Ihnen, Kaplan, aber Bier gibt's kein's, das müssen's nicht glauben."

Josef sprach sich kurz aus in ziemlich scharfem, trockenem Ton.

„Ich will fort", sagte er.

„Fort, sagen Sie? Fort wollens? Das ist nicht notwendig. Ich bin mit Ihnen ganz zufrieden."

„Ich bin nicht zufrieden!"

„Nicht? Na, deswegen! Wissen's, das macht nix. Ein Kaplan is nie zufrieden, dazu is er auch nicht da. Sie können schon bleiben, von mir aus."

„Ich bleibe unbedingt nicht", sagte Josef finster.

Der andere nahm die Pfeife aus dem Mund und betrachtete ihn. „Na! Na!", sagte er. „Sie geh'n ins Zeug, wie wenn Sie nicht nur ein Kaplan in der halben Straf' wären!"

„Ich bin nicht in der Strafe."

„Was Sie nicht sagen! Ein Provisor, der zum Kaplan retiriert. Sie machen also Karriere nach zurück. Ja, ja, die Wolterer Vroni."

„Herr!"

„Schrei'n 's nur nicht. Ich hör' schon. Fort wollen's. 'S wird Ihnen aber wenig helfen, wenn der Bischof nicht will. Und der will nicht."

„Er wird wollen, wenn Sie selbst meine Versetzung verlangen."

„Oho! So ein Einfall! Da können's lang warten."

„Ich glaube nicht. Sie werden schon in diesen Tagen dieses Verlangen stellen."

„Mir scheint, Sie sind besoffen. Na, das macht nix. Ich zähl' Ihnen Ihre Glas Bier nicht nach. Ich frag' nicht, um wieviel Uhr Sie aus'n Wirtshaus heimkommen. In so was misch' ich mich nicht. Nur kommen's mir nicht auf'n Hals und reden's Frechheiten, wenn Sie einen Rausch haben."

„Ich bin nüchtern wie immer. Hören Sie mich an, Herr Dechant. Entweder Sie unterstützen meine Eingabe um Veränderung, oder ich werde Ihnen rechte Unannehmlichkeiten bereiten."

„Ach so ist das? Na, was werden's denn anstellen?"

„Ich werde um die Anstellung von einem oder sogar zwei Kaplänen einkommen. Allein kann ich viertausend Seelen nicht betreuen. Habe auch bereits erfahren, dass ich gar nicht dazu verpflichtet bin. Ich habe das Recht, Hilfe zu fordern. Der hochselige verstorbene Bischof hat angeordnet, dass drei Kapläne angestellt sein müssen. Darauf gestützt, werde ich eine Kontrolle und Untersuchung verlangen."

Jetzt sprang Sublimer auf.

„So, das wollen Sie sich unterstehen?"

„Gewiss! Für viertausend Seelen ist ein zweiter Kaplan sogar systemisiert. Ich erhalte unbedingt recht."

„Ja und wer soll ihn denn zahlen?"

„Natürlich die Pfründe!"

„Das wär' ja ich selber!"

Der Dechant warf wütend die Zeitung zu Boden und ging. – – –

Nach acht Tagen hatte Josef Öttinger seine Versetzung in Händen.

VI

Was mochte Dechant Sublimer wohl über seinen Kaplan an das Ordinariat berichtet haben? Öttinger war es fast gleichgültig, ihn drängte es nur mehr, fortzukommen. Sobald er frei war, reiste er ab.

Diesmal war er zu einer Art Provisor ernannt worden, und zwar zum Provisor eines ganz kleinen Benefiziums in Galling, das einst nur an alte, kränkliche, nahezu abgetane Priester vergeben ward. Er aber stand im besten Mannesalter und war fähig, in den Grenzen des Menschenmöglichen zu arbeiten. Man schädigte eine Gemeinde, der er Nutzen bringen konnte, um ihn, in der Zeit starken Priestermangels.

In Galling bezog er ein Jahreseinkommen von zweihundertdreiundfünfzig Gulden; die Benutzung eines Gartens und einer Wiese wurde ihm in Aussicht gestellt. Er hatte keine Seelsorge zu verrichten, nur wöchentlich umsonst einige Stiftsmessen zu lesen. Man räumte ihm ein baufälliges Häuschen ein, das seit zwölf Jahren unbewohnt stand. Er konnte sich keine Bedienung halten. Wieder begann für Josef Öttinger das Gasthausleben. Und noch dazu begann es in seiner dürftigsten Form. Denn er musste mit einem Jahreseinkommen von dreihundertdreiunddreißig Gulden leben und sich kleiden. Er begann, sich von Kartoffeln zu nähren, zu denen er Gaismilch trank. Seinen Haushalt besorgte er selbst, flickte selbst seine Kleider.

Eigentlich war es eine Ruine, in der Öttinger jetzt weltabgeschlossen hauste.

Die Fußböden waren verfault, der Ofen stand im Begriffe einzustürzen. Durch zerbrochene Fensterscheiben pfiff der Wind. Es war ein merkwürdiger Aufenthalt für einen Diener der Kirche, merkwürdig wie das ganze, nicht vereinzelte Schicksal eines Dorfkaplans..

Öttinger hatte keinerlei Selbständigkeit in Galling. Er unterstand einem neuen Dechanten, der seine Herrschaft unbeschränkt ausübte. Dieser hieß Marcheder. Wieder fand der unter seiner Aufsicht stehende Priester in ihm jenes willkürliche sich über die Grenzen des Rechtes Hinübersetzen, das ein Laie in seinem Beruf seltener erlebt.

Eine Wiese mit kleinem Acker war dem Provisor zugesprochen. Als er sich mit den Tagelöhnern, die diese

Gründe bestellen sollten, zum ersten Mal einfand, traten ihm Marcheders Leute hindernd entgegen. Der Dechant sei es gewohnt, diesen Boden für sich auszunutzen.

Josef ging zu ihm und machte seine Rechte geltend. Marcheder stritt es ihm durchaus nicht ab.

„Am Papier kann's ja Ihnen zustehen, in der Praxis benutz' halt ich's", sagte er. „Ich bin's so g'wohnt, es geht mir g'rad' so aus. Sie können ja dann bei Ihrem Abgang eine Entschädigung fordern."

Dabei blieb es. – – –

VII

Bei seinem Abgang! Wann der wohl erfolgen würde! Denn lange konnte dies eines Priesters so völlig unwürdige Dasein ja unmöglich dauern. Josef schämte sich, wenn er des Morgens sein geistliches Kleid anlegte, um dann, statt zur Kirche zu gehen, und für die Seelen zu sorgen, die niedrigsten Arbeiten zu verrichten. Er versteckte sich vor den Leuten, die mit hämischem Grinsen an ihm vorbeigingen, ohne den Hut zu rücken. Und in langen, eisigen Winternächten, wenn der Sturm um das verfallene Haus pfiff, weinte er, weinte wie ein misshandeltes Kind. Er stand ja nicht dem Feind im offenen Kampf gegenüber. Im Kampfe, der die Kräfte stählt und den Mannesmut frischmacht. Heimlich tastete sich durch sein elendes Leben die langsam verderbende Hand. Er war nicht einmal ein Held, er war nur ein Opfer.

Dunkle Stunden übten auf ihn ihre Gewalt aus. Es kamen Momente, wo er sich wünschte, schuldig zu sein. Dann rettete ihn der Gedanke an unseres Herrn Sohn, den sie auch gleich einem Lamm zum Tode führten. –

Und die Wochen, die Monate schlichen hin, der Aufenthalt Öttingers in Galling reifte aus zur Zeit eines Jahres.

Gedenktage kamen. Der Tag der Entlassung aus dem Krankenhaus, der Heimkehr nach Habersdorf unter dem Jubel seiner Gemeinde. Seiner Gemeinde? Wo war die jetzt?

Drei Stiftsmessen für Tote, die er nie gekannt, das blieb übrig für ihn von den tausend herrlichen Pflichten des Priesteramtes. Er war so weit gekommen, dass er vor Aufregung zitterte und seine Augen sich mit dankbaren Tränen füllten, wenn er einmal Marcheder bei einem Kranken oder in der Kirche vertreten durfte. Predigen durfte er nie. Der Gegensatz von der Überbürdung in Cospann zur Untätigkeit in Galling wirkte furchtbar auf seine Nerven.

Es jährte sich der Tag des verhängnisvollen Zwiegesprächs mit Pfarrer Wolter im Scheraner Weidenholze. Josef gedachte des Mannes, der sich gerettet hatte aus der Haft des Lebens. Wie gut der's hatte. Er bettete seine todmüde Seele nun längst zu Gottes Füßen und Gott nur richtete, lenkte die. Keines Menschen frevelnde Hand trieb mehr mit ihr ihre Spiele. Und heute vor einem Jahre hatte die Vroni vor ihm gestanden im Woltererhof. Das Glück, die Jugend war an ihm vorbeigegangen und hatten ihm ins Ohr geflüstert, dass auch er ein Mensch sei! – – – –

Alles, das alles war tot, tot wie seine äußere Priesterweihe, wie seine Ehre vor dem Volk als Gesalbter des Herrn. Sie nannten ihn im rohen Austausch von Witzen den Diözesenhund, der untüchtig zur Jagd befunden worden war und den man nun obdachlos von Ort zu Ort hetzte.

Er wusste es, er wusste das alles.

VIII

Ein leuchtender Maitag fand ihn wieder in der Stadt zur Audienz im Bischofshofe. Er kam gebeugter, demütiger. Er sah umher mit dem verwirrten Blick eines zu langer Einsamkeit verurteilt gewesenen Menschen. Ein Wort wie im Vorjahr hätte er nicht mehr gewagt; das erkannte Carol Vierfacher, der ihn bei seinem Eintreten kurz, aber scharf musterte. Diesmal bot er ihm nicht die Hand zum Kuss und ließ ihn stehen.

„Was wollen Sie schon wieder?", fragte er nachlässig, in einer Zeitung blätternd.

„Mein Jahr in Galling ist um, Euer Gnaden! Ich habe das Äußerste in jeder Hinsicht ertragen. Ich bin kein Defizient, ich kann nicht das Leben eines solchen führen. Ich bitte um meine Versetzung."

Ein langes Schweigen folgte, Carol las. Es schien, als vergäße er die dürftige Gestalt, die vor ihm stand.

„Exzellenz!", sagte Josef endlich.

„Was wollen Sie eigentlich? Sie sind ein Wirt! Sie sind ja kein Priester!"

„Mein Bruder ist Wirt!"

„Sie haben mit Ihrem Geld das Wirtshaus in Ampfing gekauft. Sie sind Wirt."

„Das Gasthaus gehört meinem Bruder."

„Sie lügen! Ich weiß es, das Gasthaus gehört Ihnen."

„Wollen Euer Gnaden sich im Grundbuch nachweisen lassen, dass das Gasthaus meinem Bruder gehört. Ich war gezwungen, es ihm zu kaufen, als ich meine Provisorstelle in Habersdorf verlor und den greisen Vater nicht mehr bei mir haben konnte. Ich opferte mein Vermögen, damit der Bruder ihn zu sich nehmen könne."

Öttinger sagte das alles nur mechanisch, wie im Halbschlaf. Es war ihm, als ob er zu unerreichbarer Felsenwand, zu unersteigbarem Gletscher rede. Ihm selbst versteinerte das Herz in der Brust.

Carol war plötzlich aufgestanden. Scharf, mit einem Ruck warf er die Zeitung auf den Tisch. „Sie können also nicht einmal mehr über das Haus testieren? Und Sie sind ein Priester?", sagte er. Er trat hart an Josef heran und maß ihn mit vernichtendem Blicke. „Ein Narr sind Sie, wenn Sie von Ihrem Geld einen so schlechten Gebrauch machen. Wenn Sie kein Narr wären, würde ich Sie deshalb nach Niedertal schicken müssen, weil Sie als Priester von Ihrem Geld einen solchen Gebrauch machen."

„Herr! Sie selbst haben mich dazu gezwungen", rief Josef außer sich. „Ich kam zu Ihnen zur rechten Zeit und sagte Ihnen alles. Ich weiß wohl, dass ein Priester Pflichten hat in Bezug auf sein Vermögen, Ehrenpflichten der Kirche gegenüber. Aber das vierte Gebot ist noch mächtiger als diese Pflichten. Und ich muss es halten." – – –

Öttinger redete wie im Selbstgespräch. Carol war ohne Gruß aus dem Zimmer gegangen.

IX

Ein zweites Jahr im „Auszugstübel" des Gallinger Pfarrhofes; ein zweites Jahr des Strafdaseins für Josef Öttinger. Es schleppte sich hin, schlimmer als das erste, denn Josef war nervenleidender geworden, widerstandsunfähiger. Das Häuschen war so baufällig, dass er sich gezwungen sah, eine Eingabe um Ausbesserung zu machen. Er tat es ungern, doch bröckelte bereits Mauerwerk ab, im Dach zeigten sich Lücken. – –

Die Eingabe blieb lange ohne Antwort. Endlich kam der Bescheid. „Da sein Vorgänger in dem Haus gewohnt hat, kann Herr Öttinger auch darin wohnen."

Josef erwiderte darauf der Wahrheit entsprechend, sein Vorgänger habe im Pfarrhof Wohnung erhalten.

Bischof Carol antwortete ihm: „Sie sind ein Lügner!"

Empört begab sich Josef in die nächste Stadt. Er bat um eine Kommission des Bauamtes.

„Sie würde Ihnen zugestanden werden", erwiderte man ihm, „doch kann sie absolut nicht nötig sein. Seit zwölf Jahren verrechnet ja doch Herr Marcheder dem Religionsfonds zweiundzwanzig Gulden für Baureparaturen am Defizientenhause." – – –
Damit war die Sache abgetan.

X

Dr. Birner, Josefs Studienkollege, war Bezirksarzt einer der Vorstädte. An einem trüben Dezembernachmittag saß er in seinem Zimmer, beschäftigt einen Brief an den Freund zu schreiben, von dem er seit Monaten nichts vernommen hatte.

Birner war ein Mensch, der seinen Kampf mit dem Leben gekämpft hatte. Er war im Seminar religiös bis zur Schwärmerei gewesen, ein leidenschaftlicher Anhänger des früheren Bischofs, dessen Tod ihn tief berührte. Nach einem Jahr Studium verließ er plötzlich das Priesterhaus. Er hatte, wie er selbst ehrlich gestand, durch einen seiner Lehrer sein religiöses Empfinden eingebüßt. Er wandte sich dem Studium der Medizin zu. Außerordentlich hart, aber ebenso tapfer, rang er sich durch.

Sein Los blieb armselig. Er verheiratete sich nicht. Obschon es ihnen verboten war, mit ihm Umgang zu haben, besuchten ihn viele seiner einstigen Kameraden bis auf den heutigen Tag. Manchmal blieben sie lang aus, dann kamen sie wieder, und ihre Schicksale zogen vor dem Blick des Mannes vorbei, der freier war als sie. Sie forschten neugierig nach seinem Leben und nach seiner Gefühlswelt. In ihren Augen musste er ein Verfluchter sein.

Lange Zeit war Birner schwermütig bis zum Tiefsinn gewesen. Das war, nachdem die erste Erregung schwand, in deren Bann er das Priesterhaus verlassen hatte, das war, als er seinem neuen Leben nüchtern gegenüberstand.

Er hatte keinen Trieb zum Atheisten, und dennoch fand er jetzt seinen Gott nicht mehr. Er mied die Kirchen, aber ohne Schuldgefühl. Sie waren leer und stumm für ihn geworden; damit aber wurde auch das Leben inhaltslos für den ernst veranlagten Menschen. Er fristete sein Dasein glaubenslos, aber es schien ihm kein Dasein. Er stand im Zeichen jenes Irrtums, der viele Menschen unglücklich macht. Er verwechselte den unantastbaren Gottesgedanken mit Personen, die ihn zum Ausdruck brachten, und trennte die Religion nicht von einzelnen ihrer Vertreter. Darüber ward er krank und bettelarm im Herzen.

In jener Zeit hatte Josef mit der frommen Treue zu ihm gehalten, die einen Grundzug seines Wesens bildete. Das verband die beiden für immer. Er konnte ihm nicht sagen: „Gott ist überall, auch außerhalb der Kirchen. Gott ist, wo sich Größe offenbart, Reinheit und Selbstlosigkeit." Ihm selbst kam ja das nie zum Bewusstsein, denn er war Vertreter der Kirche, nicht nur Priester im ethischen Sinn. Aber er wirkte auf Birner ein, tröstend, versöhnend, mit seinem eigenen inbrünstigen Glauben. Beide entstammten sie dem ärmsten Bauerntum, wie die meisten, die geistlich werden. Der Adel bringt nur überzählige oder unversorgbare Kinder im Priesterstand unter, so fromm er sich auch darstellt. Seine wertvollsten Mitglieder bewahrt er der Welt. Ein großer Teil modernen Bürgertums aber schämt sich, Religion zu bekennen, und gefällt sich in einem Priesterhass, den genau zu motivieren er nicht fähig wäre. Er fasst den Liberalismus als Glaubenslosigkeit und Religionsspötterei auf. Er weiß es selbst nicht warum, aber dieser gekünstelte Freisinn auf falscher Basis vererbt sich vom Vater zum Sohn. So bleiben zumeist nur Kinder der Einsamkeit und der Not für den Stand übrig, dessen Vertreter doch von unendlicher Wichtigkeit sind, Hunderte von Existenzen stützen und auf rechtem Weg erhalten sollen. Auch Birner war ein Häuslersohn. Geistig so gut darbend als körperlich, hatte er sich langsam zur Existenzmöglichkeit durchgerungen.

Der kurze Winternachmittag lag dämmerig über der Stube. Der Arzt schrieb noch. Da klopfte jemand leicht an die äußere Verbindungstüre, die direkt auf den Gang führte. Birner stand auf und öffnete. Er wich überrascht zurück. Josef Öttinger trat in die Stube.

„Grüß Gott", sagte er kurz in merkwürdigem Ton. Wie seine Stimme war er selbst verändert.

„Öttinger! Du bist's! Welche Überraschung! Eben war ich dabei, dir zu schreiben", rief Birner erfreut. Das Halbdunkel im Zimmer hinderte ihn, die Züge des Freundes genau zu besehen.

„Mach dir's bequem, ich lasse Licht und etwas zu essen bringen."

„Gib mir nichts zu essen, Gustav. Ich brauche nichts; ich kann nur eine Stunde bleiben!"

„Nur eine Stunde? Und kommst du direkt von Galling? Warte! Ich will nur sagen, dass man die Lampe bringen soll."

Josef erwiderte nichts. Er hatte seinen abgetragenen Überrock ausgezogen und setzte sich in den Lehnstuhl, der in der dunkelsten Ecke stand. Als die Magd die Lampe brachte, zuckte er nervös zusammen.

Birner betrachtete ihn erschreckt. „Du bist wieder krank", sagte er stockend.

„Nein."

„Du hast dich sehr verändert."

„Will's glauben. Man ändert sich, wenn man lebt wie ich."

„Wie hast du nur Zeit und Gelegenheit gefunden, jetzt von Galling hierherzukommen?"

„Ich habe Zeit genug. Ich bin nicht mehr in Galling."

„Nicht? Das freut mich zu hören, Öttinger. Und wohin führt jetzt dein Weg?"

„Ich trete morgen ein mehrmonatliches Sträflingsdasein in Niedertal an."

XI

Birner fuhr vom Sitz empor und wechselte die Farbe. „Was?"

„Ich gehe morgen in das Strafhaus Niedertal, sag ich dir. Was weiter?"

„Du! Du, Josef Öttinger, das zahmste der Herdentiere? Ja, ist das möglich?"

„Es ist Tatsache."

„Welche Schuld hast du begangen."

„Meine Schuld ist absolut nicht abzuleugnen", sagte Öttinger in vergnügtem Ton. „Ich selbst habe die Beweise für sie dem Bischof zukommen lassen."

„Fieberst du, oder bist du verrückt geworden?"

„Gar nicht. Ich bin normal."

„Und – ..."

„Die Sache ist ganz einfach. Ich konnte in Galling nicht bleiben. Sie wollten mich nicht wegnehmen. Als alle Eingaben, Bitten, ja Demütigungen nichts fruchteten, begann ich dem Bischof über mich selbst anonyme Briefe zu schreiben. Ich teilte ihm mit, dass Kaplan Josef Öttinger einen sittenlosen Lebenswandel führe und Beziehungen zu der und jener weiblichen Person in Galling anstrebe. Ich schrieb zum Heil der Gemeinde in dem bekannten gleißnerischen Ton, der immer Glauben findet, schrieb als eine dritte beobachtende Person. Die Sache wurde sofort geglaubt, ohne Untersuchung. Man wartet ja nur darauf, über unliebsame Menschen, wie ich einer bin, so etwas zu hören. Ich gab die Briefe selbst auf und behielt mir die Aufgabescheine, sowie die Aufsätze der Briefe zurück. Ich will doch seinerzeit, wenn es nötig wäre, beweisen können, dass ich mich selbst verleumdete. Das habe ich getan. Nun bin ich als strafbar erkannt, zu einem Aufenthalt in Niedertal verurteilt worden, und Galling liegt hinter mir." – –

Öttinger lachte auf, hart, hämisch. Birner sah ihn schweigend an. Ja, Josef hatte sich sehr verändert. In seinem früher so guten Gesicht erschienen die Züge tiefer gegraben, leidenschaftzerwühlt. Ein böser Ausdruck lauerte in den ruhelosen Augen. Er sprach kurz abgebrochen, schnell atmend. Seine Hände zitterten nervös.

„Du hast einen moralischen Selbstmord begangen", sagte der Arzt peinlich berührt. „Eine Tat, die eines Priesters unwert ist."

„Ich weiß es."

„Und du hast es doch getan?"

„Der Mensch in mir schrie auf. Der Mensch, der sich keine Rettung mehr wusste."

„Man rettet sich nicht, indem man Unrecht tut mit den Ungerechten. Besser, du hättest dein geistliches Kleid abgelegt, Öttinger, und wärest wahr geblieben. Besser nicht Priester sein, als ein unwürdiger Priester."

„Ich bin nicht unwürdig."

„Du hast den ersten Schritt nach abwärts getan. Einen Winkelzug, eine schändliche Lüge gewagt."

„Nein! Nur eine Tat der Verzweiflung."

„Ein Priester begeht keine solche Tat. Bist du dir nicht mehr dessen bewusst, was ein Priester sein soll?"

„Foltere mich nicht, Birner. Ich weiß das ja alles selber, sag' ich dir. Ich fühle mich schlechter werden, gehässig im Innersten meiner Seele."

„Und in dieser Stimmung wagst du's, Gott das Opfer am Altar zu bringen?" Der Arzt sprach ganz einfach, ohne

Pathos. Aber seine Stimme zitterte. „Dein Priestertum ist kein Ausüben einer Religion mehr, Öttinger. Es ist ein ungleicher Kampf mit deinem Bischof. Nichts weiter."

„Sei nicht so hart", brauste Josef auf. „Du solltest nicht so reden, du nicht. Hast ja doch selber deinen Gott verloren."

„Ich habe ihn wiedergefunden", sagte Birner schlicht.

„Ihn wiedergefunden! Du?"

„Ja, ich."

„Gehst du zur Kirche?"

„Ich gehe zur Kirche. – Ich gehe wieder zur Kirche. Über die Menschen hinweg sucht mein Blick den Herrn."

„Du erkennst die Priester nicht an."

„Ich beuge mich jedem würdigen Priester. Doppelte und dreifache Ehre, als ihr jetzt genießt, sollte den Männern deines Standes widerfahren, die ihm mit Ehren vor Gott angehören. Aber auch doppelte und dreifache Strafe den Unwürdigen."

„Willst du mich jetzt zu den Unwürdigen zählen?", fragte Josef bitter.

„Nein, aber du gehst einen Irrweg."

„Also du betest wieder, Birner Gustav."

„Ja, ich bete – wie ich nie gebetet habe."

„Und gehst zur Beichte?"

„Auch das. Warum nicht? Warum es nicht ertragen lernen, sich zu demütigen. Ich habe meinen Kampf ehrlich gekämpft. Hätt' ich damals nicht den Mut gefunden, meinen Beruf zu ändern, ich wäre nie der Mensch geworden, der ich jetzt bin."

„Was willst du damit sagen? Soll ich meine Weihen abschütteln, sie hinwerfen, weil ein Mensch mich hasst und verfolgt?"

„Nein. Aber du sollst sie nicht ausüben, solange du keine Weihe in der Brust trägst. Tritt offen auf. Dein Gewissen ist rein. Wage es. Überliefere dich und deinen Fall dem ungeheuren Weltgericht der Menschlichkeit, der Humanität. Die fromm und billig denken, sollen's alle erfahren, wenn Willkür an einem ihrer Seelsorger frevelt, und sollen ihn schützen. Der Priester gehört der Allgemeinheit, soweit sie sich gläubig bekennt. Sie soll ihn richten. Nicht nur ein Souverän im engsten Sinn soll Recht über ihn sprechen. Wage es, ganz wahr zu sein, Öttinger. Wirf Vierfacher den Fehdehandschuh hin, den in diesem Falle die Sache heiligt, und bekenne laut: „Ich bin jetzt nicht Priester, du hast es so weit gebracht, dass in den Tiefen meiner Seele, wo Gott allein wohnte, Hass, Bosheit und rachsüchtiger Zorn herrschen. Ich erkläre mich unwürdig geworden für die Zeit, da ich irdisch kämpfen und ringen muss, unwürdig, das Messopfer darzubringen. Das Leid, das du ungerecht auf mich häufst, macht mich schuldig, klein und erbärmlich. Du warst berufen, das göttliche Moment in mir zu stärken, zu stützen und festzuhalten, nicht mich herabzuziehen in den irdischen Tagesstreit. Das aber hast du getan, mit kleinlichem Groll mein Leben folternd und zerstörend. Den Menschen magst du in seiner Existenz zugrunde richten, der Priester entzieht sich dir. Er abdiziert seine Rechte und Pflichten, bis es wieder still und rein geworden ist in seiner Seele."

„Du bist ein seltsamer Mensch", sagte Öttinger in befangenem Ton. „Ein Phantast bist du, deine alten Schwärmereien kommen wieder."

„Und du bist eine Halbheit, wie es so viele sind. Das richtet euch zugrunde. Eines großen göttlichen Zornes, wie Christus ihn empfand, als er die Händler aus seinem Tempel trieb, eines heiligen Gewaltstreiches seid ihr nicht fähig. Eure Kraft erschöpft sich in Stichen und heimlichen Hieben, ihr kennt nur die Nadel, nicht das Schwert."

„Das Schwert! Wir und ein Schwert!"

„Du hast es nun soweit gebracht, dass dir eine verdiente Strafe diktiert wurde."

„Verdient!"

„Ja. Jene Briefe degradieren dich. Bis du sie schriebst, hast du hochgestanden."

Öttinger wurde noch bleicher, als er war.

„Du fassest es unerbitterlich hart auf", sagte er. „Wenn du wüsstest! Wenn du meine Existenz gesehen hättest. Denk' an die Macht einer dunklen Stunde."

„Ein Mensch wie du muss stärker sein als eine dunkle Stunde. O, dass du mich früher gefragt hättest, Öttinger Josef! Diese Briefe, die du geschrieben hast, bedeuten einen Wendepunkt in deinem Leben."

„Was kann mir noch geschehen? Alles hab' ich verloren! Alles!"

„Und willst dich selbst jetzt auch noch verlieren! Unglücklicher Mensch! Ich finde kein Trosteswort für dich!"

Birner beugte sich zu dem Freund herab und sah ihm traurig ins Gesicht.

„Du gibst mich auf?"

„Das kann ich ja nicht. Aber ich beschwöre dich: kämpfe mit ehrlichen Waffen!"

„Ich habe keine Waffen mehr", murmelte Öttinger tonlos.

XII

Das Gericht, das Birner über ihn ausgesprochen hatte, lastete schwerer auf ihm als der Richterspruch des Bischofs.

Die harten, ehrlichen Worte des Arztes klangen in Josefs Seele noch stunden- und tagelang. Er nahm sie mit in sein neues Leben.

„Kämpfe würdig, stelle dich dem Gericht der Humanität, der gläubigen Menschheit. Wage es, deine gerechte Sache laut werden zu lassen vor aller Welt. Nicht die heimlich vergiftende Nadel führe, greife zum heiligen Schwerte. Übe nicht des Priesters heiliges Amt, irdischen Hass, Galle und Zorn im Herzen." Es war ein Wort, das den Streik predigte. Einen Streik, der noch nie dagewesen war; den Streik der Geweihten wider einen ihrer Fürsten, der unbillig seines Amtes waltete.

Wer würde es wagen, in einer solchen Sache der erste zu sein? Wer! Birner hatte den stummen Streik gewagt, die Revolte der plötzlichen Berufsänderung. Es war die Tat eines leidenschaftlich frommen Menschen, der sich's als hohes Lebensziel geträumt hatte, Priester zu sein. Das war schon viel, was er getan, aber es war nicht alles. War nicht dieses krasse Sichauflehnen in lauter Empörung, dies die Allheit Anrufen zum Richter über einen hochgestellten Mann, der mit seiner Größe Missbrauch trieb.

XIII

Niedertal. – Ein neues Blatt im Leben eines Priesters. Das Korrektionshaus, welches ein aussterbendes frommes Geschlecht für Vertreter des geistlichen Standes stiftete, die gefehlt hatten! Im Lauf der Zeit von verschiedenen Charakteren der Leiter beeinflusst, war es allgemach zum direkten Strafhaus herabgesunken. Der niedere Klerus sprach nur scheu von dieser geistlichen Stiftung. Ein ganzer Kranz geflüsterter Geschichten umwob sie. Wer einmal in diesem Haus eine Strafzeit verbracht hatte, der verließ es nicht eben gebessert. Aber er kam zurück als ein veränderter Mensch.

Wie das Spiel bitterer Lebensironie erschien es Josef Öttinger, dass nun auch er in der Anstalt Buße tun sollte, zu deren Errichtung man zwei Generationen früher seinem Großoheim das Geld hinterlassen hatte. Für seine Organisierung dieses Strafhauses war Dechant Öttinger damals Konsistorialrat geworden.

Der Stiftsbrief von Niedertal war interessant in seiner Art. Die letzte Trägerin eines alten Namens hinterließ dem Dechant und durch ihn dem damaligen Bischof ein bestimmtes Kapital zur Errichtung einer nützlichen geistlichen Stiftung. Das Geld sollte angemessen und nutzbringend zum Heil des Klerus verwendet werden. Diese nutzbringende Verwendung war die Errichtung eines Besserungshauses, das eigentlich Privatsache blieb und nie von staatlichen Behörden inspiziert und kontrolliert wurde.

Im Stiftsbrief fand sich folgende Stelle: „Im Falle das Korrigendenhaus einmal leer bleibt, aus Mangel an Schuldigen seinem Zweck nicht mehr entspricht und nicht genügend zur anständigen Verpflegung der Korrigenden unterstützt wird, fällt das Stiftskapital an die Hauptstadt zur Errichtung einer Pfründe für arme Dienstboten."

Es galt nun zu sorgen, dass das Strafhaus von Schuldigen nicht leer wurde.

Einige Tage vor Weihnachten langte Josef Öttinger in Niedertal an. Von der Bahnhaltestelle, die ziemlich weit abseits lag, hatte er noch eine halbe Stunde zu gehen. Im rauen Wind, der ihm um die heiße Stirne pfiff, machte er sich zu Fuß auf den Weg. Es ging langsam bergab über buckliges Hügelland, auf dem die entlaubten Obstbäume standen. An manchem hing noch ein welkes, lederartiges Äpfelchen oder ein Zweig runzeliger Zwetschgen, nach dem Volksaberglauben, der immer etwas am Baume von der Ernte lässt, damit er nächstes Jahr wieder trage. Der Himmel hing tief herab, vielfach verschleiert, die Luft war von Nässe schwer, aber ohne erfrischende Lebenskraft.

Und über die weiten, wellenförmigen Landstriche hin klang melancholisch in hartem Rhythmus das Aufschlagen der Dreschflegel in den Tennen. Dazwischen der laute, heisere Krähenschrei und das Krächzen der Raben. Bleifarbene Winterstimmung ohne den versöhnenden Frieden der weißleuchtenden Schneedecke.

Dem Wanderer begegneten wenig Menschen. Sie waren dicht eingemummt und gingen schnell, den Blick gesenkt, wie eingesponnen in Wintergedanken. Sie sahen den Priester nicht an, der talabwärts schritt. Ein herabgekommener Mensch, mit ruhelos flackernden Augen, ging er des Weges, finster vor sich hinbrütend. Über ihm war kein Gottesfrieden.

Er dachte an Birners Worte. Unablässig dachte er an sie. Sie folterten ihn, sie wollten ihn nicht lassen. Er kam zu einem Scheideweg, an dem sich die Pfade teilten. Der eine stieg jetzt aufwärts einen Hügel hinan, auf dessen breitem Kamm, versteckt hinter dichten Baumreihen, ein langes, verwahrlostes Haus sich hinstreckte: Das Priesterstrafhaus zu Niedertal.

Einst war es ein Schloss gewesen. Der Besitzer, ein reicher Fürst und großer Herr, stellte es dann der Stiftung zur Verfügung. Es lag so trostlos in hässlichem, ungesundem Land und warf nichts ab. Es kostete nur immer. Für den Zweck aber eignete es sich ganz gut. Weltabseits, aller Schönheit bar, gemacht, trostlose Stimmungen zu erwecken, verkörperte es den Gedanken vollständig, der der Stiftung dieses Büßerhauses zugrunde lag. Der Turm, den es besessen hatte, war abgetragen. Nun versteckte sich das Haus hinter hohen, feuchten Hecken, durch die wenig Sonne drang.

Öttinger blieb stehen – am Scheidewege. Neben dem Wegweiser mit seinen vier Armen stand ein „Marterl". Zwischen den Schächern hing Christus am Kreuze. Ein großer, dürrer Kranz raschelte im Wind um ihn. Nahe auf dem Felde kreisten die dunklen Vögel.

Düster hing des Heilandes Bild in der düsteren Landschaft.

„Ich gehe da hinaus, Herr", sagte Josef plötzlich. Er sagte es ganz laut und blieb vor dem Marterl stehen. Sagte es unbewusst. Es kam von selbst aus der Kehle. Aus dem fieberisch zuckenden Herzen kam's.

„Sind deine Priester dazu da, dass sie mit Schmach bedeckt werden? Willst du's, dass Priester von Priester verfolgt, in ihrer Existenz zugrunde gerichtet werden? Ist es dir recht, dass ich gehe? Soll ich dieses Kreuz auf mich nehmen? Folge ich dir nach, wenn ich's tue? Oder komme ich auf irren Weg zu schreiten. Wo endigt dein heiliger Wille, wo beginnt er, dass statt seiner Menschenwillkür deinen Namen missbraucht? Ich übte Kindespflicht, Herr. Darum entehren sie mich als Priester. Ich handelte menschlich. Muss ich darum der Kirche Sträfling werden?"

„Öttinger setzte sich auf den Stein am Wegweiser. Die Füße versagten ihm momentan den Dienst.

„Du sollst Vater und Mutter verlassen und mir nachfolgen. Wer einen Menschen höher stellt als mich, der ist meiner nicht wert." So brauste und brandete ihm mächtig im Ohr. Aber das Wort fand keinen Widerhall in seiner Seele.

„Warum hat man uns zu Menschen gemacht, wenn man Unmenschliches von uns begehrt? Ich glaube es nicht, dass du es bist, der solches fordert, Allerlöser, Allheiland. Ich glaube nicht, dass du sprichst aus eines Carol Vierfachers Mund. Sie wagen es und legen ihr weltlich berechnet Wort auf deine heiligen Lippen. Sie haben es gewagt durch hundert und tausend Jahre." –

„Das Kreuz am Wege schwieg sein großes, weltenberedtes Gottesschweigen. Aber der ringende Mensch zu seinen Füßen sprang plötzlich auf.

„Ich will zurückgehen", sagte er wieder laut vor sich hin. Ich will zurückgehen und meinen Fall einem anderen Mann, einem anderen Richtspruch unterordnen. Vierfacher ist nicht der einzige Bischof."

Und Öttinger wandte sich auf den Weg zurück, den er gekommen. Er ging hastig eine Strecke weit, dann aber blieb er wieder stehen.

XIV

Er war noch nicht weit vom Scheidewege. Aber in der Dämmerung, die so rasch herabsank, verblaßte schon das Kreuz, an dem zwischen den Schächern der Heiland hing.

„Für mich ist Carol Vierfacher der einzige Richter. Nur durch ihn hört mich Rom. Die weltliche Behörde wird meiner nicht achten. Vor ihr bin ich keines Vergehens schuldig. Ausgeliefert, preisgegeben bin ich dem, was ein Mensch sein geistliches Gericht nennt, ein einziger Mensch, der das Faustrecht übt, nach seinem Sinne. Und wenn ich jetzt zurückgehe, wohin soll ich gehen? Wem wird es nützen?" So sprach es in Josefs Brust. Langsam wandte er wieder seinen Schritt Niedertal zu und stieg aufwärts. Dabei fieberten Birners Worte in seinem Hirn. „Habe den Mut einer Tat. Rette den Priester in dir, geht auch dein Schicksal als Mensch verloren. Lege ab das heilige Kleid zur rechten Stunde. Der Pfad, auf den sie dich gestoßen, die Verzweiflung in deiner Brust führt zum Verbrechen. Ein Priester darf nicht zum Verbrecher werden. Den Armsünderweg, den du heute ohne innere Schuld mit falscher Unterwerfung gehst, geht man nur einmal als Märtyrer, zum zweiten Mal wirst du ihn verdient als Sünder schreiten. Denn immer tritt die Sünde in das Leben dessen, der feig verzweifelt und sich beugt, wo er das Recht hat, sich aufzulehnen. Du weißt nicht, was du da oben findest, im Haus unlauterer Gerichtsbarkeit. Weißt nicht, welche Einflüsse dich dort erfassen, welche Menschen dir entgegentreten. Du kannst als Opfer ein- und als schlechter Mensch heraustreten, aus Strafhaus Niedertal. Kehr' ein, tritt vor deinen Bischof hin und sage: „Ich kann nicht Priester sein auf deine Art. Ich trete zurück in das Alltagsleben, in dem Menschen Gutes tun und glücklich ihre Arbeit verrichten, ihre Pflichten ausüben. Gott findet mich dort würdiger, als in deinem Dienst. Geh! Tue so, Josef Öttinger! Du bist es deinen Weihen schuldig."

Furchtbar waren sie, diese Stimmen, die in der Seele eines gefolterten Menschen kämpften. Aber er fand den Mut nicht zu der erlösenden Tat. – – –

In später Nachmittagsstunde zog er die Glocke am großen, festversperrten Tor von Niedertal, und man tat ihm auf. Er war angemeldet. Man erwartete den neuen Sträfling.

Drittes Buch

I.

Es war noch nicht fünf Uhr früh und stockfinster. Der Weihnachtstag brach mit einem dichten Schneefall an, der die Flocken aufwirbelte, als würden große Kissen ausgeschüttelt. Ein eisiger Wind fegte um die Mauern von Niedertal; hinter den kleinen vorhanglosen Fenstern dieses schlossartigen, verwahrlosten Baues wurde Licht um Licht lebendig. Sparsame, winzige Öllampen waren es, die in den spätanbrechenden Dezembermorgen hinausleuchteten. – – –

Josef Öttinger fuhr auf aus schwerem und doch unruhigem Schlaf. Er hatte, mit dem Mantel zugedeckt, alle Kleider, die er besaß, über sich ausgebreitet, auf dem Strohsack in der Ecke seiner Zelle gelegen. Trotzdem waren ihm Hände und Füße steif vor Frost. Mit verwirrtem Blick starrte er den Mann an, der eben, das Lämpchen in der Hand, bei ihm eintrat und, wie allmorgendlich bei der strengsten Kälte, vier Späne und ein paar Kohlen in dem baufälligen Ofen anzündete. Er tat es sehr langsam und umständlich, pfiff halblaut vor sich hin und gähnte laut in langen Zwischenpausen, die er, vor dem Ofen hockend, mit Händereiben ausfüllte.

„He, stehen's auf, Herr Öttinger! He, stehen's auf", brummte er dazu, ohne den Kopf zu wenden.

„Sind Sie's, Haberdasl?"

„Ja, sel wohl. Ich bin's, der Hausknecht. Sie, Herr Öttinger, ich mein', wenn ich Ihnen das notwendige Glumbat (Zeug) auf d'Nacht hereinstell', Sie könnten Ihnen schier selber die Spän' schneid'n und 's Feuer anblasen. Zu tun haben's ja eh nix und i' wär's los."

„Sie, ich habe Ihnen schon einmal gesagt, dass ich einen anständigeren Ton, dass ich mehr Respekt verlange."

Der Haberdasl hielt im Feuerschüren inne und glotzte, auf seinen dürren Beinen hockend, den Sprecher sehr belustigt an.

„Wie meinst, he? Wie is das g'wen? An Respekt? A Niedertaler, der an Respekt will? Hoho! Das a noch. Davon is nix vermerkt in der Stiftung, Manerl. An Knödl und a Kraut, ja! A Verpflegung pro Persona per Tag zwanzig Kreuzer, ja! Aber a Respekt is nicht dabei inbegriffen. Das is mir noch nie vor'kommem. Sie sein eine neue Spezialität, wie man so sagt, ein neues Niedertaler Symptom, Herr Öttinger!"

Der Haberdasl war ein spindeldürres Männchen mit großer Nase. Seine Magerkeit war außerordentlich. Er zwinkerte mit schlauen, tiefliegenden Äuglein ins Leben und erfreute sich philosophisch angehauchter Beredsamkeit. Er lebte seit dreißig Jahren in Niedertal, wo er die Dienste eines Gärtners, Stallknechts, Holzschneiders, Dieners, Hausknechts, Messners und Krankenwärters versah. Seine Meinung vom geistlichen Stand hatte er sich während seines ausschließlichen Aufenthaltes in Niedertal gebildet. Er trug eine groteske Frömmigkeit sensationell zur Schau, klatschte leidenschaftlich gern, war ganz käuflich und liebte es, die Korrigenden untereinander zu entzweien oder aufeinanderzuhetzen. Er war ein Freund anonym wohlmeinenden Briefschreibens und stillen Branntweingenusses. Für gute Bezahlung erweichte sich sein Herz jedem Sträfling gegenüber. Er schmuggelte alles ins Haus, was ihm mit Geld aufgewogen wurde. Die Bewohner von Niedertal missachteten und fürchteten ihn. Trotzdem war selten einer unter ihnen, der sich nicht mit dem Haberdasl in Gespräche einließ und sich nicht von ihm abhängig machte. Denn er war der einzige Mensch zur Bedienung aller Mitglieder des Hauses, das einzige Verbindungsglied mit der Außenwelt. Daher überraschte ihn Öttingers Zurechtweisung sehr. Kopfschüttelnd vollendete er sein Geschäft. Das nasse Holz qualmte, statt zu brennen. Josef hustete, während er an das Waschbecken trat, um seinen Anzug rasch zu vollenden.

„Bilden's Ihnen nicht ein, dass dort noch ein Wasser is, dort is Eis, sag' ich Ihnen, ich sag's", bemerkte der Haberdasl nachdenklich, indem er Josef beobachtete. Er hatte Recht, das Waschwasser war fest gefroren.

„Na also! Das weiß ich schon lang übrigens. Das kommt von das! Es ist diese Wirkung solcher Ursache." Der Hausknecht wies auf die zerbrochenen Scheiben des einzigen Fensters.

„Bein Herrn Murschlater ist es auch schon so gewesen."

„War das mein Vorgänger hier?"

„Selb' wohl."

„Und unter ihm ging das Fenster in Trümmer?"

„Könnt' wohl stimmen oder auch nicht. Kann auch früher geschehen sein."

„So!"

„Ja, ich weiß nur noch, dass unter'n Herrn Murschlater davon g'red't worden is. Das war auch aso an Anspruchsvoller."

„Aber das Fenster …"

„Zerhaut word'n is es in an Sommer, das weiß ich ganz bestimmt. Es hat einer eine Schmeißfliegen d'rauf derschlag'n woll'n. Und weil's warmer Sommer is gewesen, hat man die Scherben natürlich als Scherben sein lassen und ihr Gnadenbrot genießen."

„Und im Winter?"

„Im Winter ist dieser Fall verjährt und sozusagen einer Eingabe nicht wert gewesen. Also und darum ... Na, wie gesagt, Sie werden sich hier ordentlich abhärten, Herr Öttinger, und jetzt machen's weiter, gleich werden die armen Sünder in die Kirche einig'läut."

Mit diesen Worten verschwand der ehrwürdige Laurentius Haberdasl aus dem engen Raume, den Josef bewohnte. Dieser taute auf dem Ofen so viel Wasser auf als möglich und kleidete sich fertig an. Dann las er rasch ein Kapitel in der kleinen Bibel, die er mitgenommen hatte. Schon schlug die große Schlossglocke mit rostig heiserer Stimme den ersten Ton an, der zum Kirchgang rief.

II

In dem langen Gang, den Josef betrat, um die Kapelle aufzusuchen, brannte ein Talglicht. Schmal, fast dunkel lag er da, von wahrer Grabeskälte durchschauert. Türe reihte sich an Türe, festgefügt aus Eichengebälk, mit schweren Schlössern. Gestalten, in Mäntel und Tücher eingehüllt, traten aus den Zellen und schlossen sich wortlos Josef an. Es ging die ausgetretene Wendeltreppe hinab durch den großen, kahlen Hausflur. Dieser war allen Schmuckes bar. Sie traten hinaus in den engen, von steilen Mauern umschlossenen Hof, in den der Schnee voll und dicht herabhuschte. Die ganze Luft war weiß, wie verglast, durchsprüht von halbgefrorenen Sternchen. Große silberne Hügel und Betten von Schnee stellten sich den Schreitenden entgegen, schwindelnd wirbelte um sie der Flockentanz. Josef hätte sich in die weißen Wogen hineinwerfen mögen und sie zusammenschlagen lassen über seiner schmerzenden Stirne.

Auch in der Kapelle brannten die Lichter sparsam. Nachgedunkelte Bilder hingen an feuchter Wand. Leitenberger, der Direktor, stand im Messkleid am Altare. Auf der Schwelle flach ausgestreckt wie in Verzückung lag Haberdasl, der stundenweis Fanatische. Er duftete schon jetzt nach Schnaps und murmelte Gebet und Schuldbekenntnis. Flach lag er da, sie mussten über ihn hinübersteigen. Anders tat er's nicht. Ein Beispiel zu geben, schien ihm Pflicht. War der Gottesdienst aus, so schnellte er empor, verschwand in Regionen, die der geistlichen Bewohnerschaft Niedertals immer unsichtbar blieben, und prügelte dort beim zweiten Schnaps sein Weib, das für ihn arbeitete und mit einer halb blöden Magd die ganze Wirtschaft des Strafhauses betreute. So vereinte er Christen- und Mannespflichten.

Es gab nicht Orgelspiel noch Messlied in Niedertal. Der Direktor am Altar las rasch eine stille Messe. Die Augen, die auf ihm hafteten, blickten hungrig, verzweiflungsvoll, trostlos. Andere, und diese waren in der Mehrzahl, hatten einen stumpfen Ausdruck angenommen, die Gleichgültigkeit der zu Tod gehetzten. Die meisten Anwesenden hatten für eine bestimmte Zeit oder auch ganz das Recht zu zelebrieren verloren. Man entzog ihnen das tägliche Brot ihres Geistes- und Seelenlebens bei der kleinsten Veranlassung.

Direktor Leitenberger zitterte vor Frost, während er am Altar stand. Er hustete in Zwischenpausen heftig und sprach die Worte mit heiserer Stimme. Haberdasls Sohn – ein langer tragikomischer Knabe – ministrierte ihm. Der Haberdasl Lois schielte so grässlich, dass seine Augen überall zu gleicher Zeit zu sein schienen. Sein Vater beobachtete ihn drohend. Die Kapelle war eisig kalt. An die Fensterscheiben dampfte der weiße Schnee – aus dem Steinboden stieg ein wahrer Todesfrost in die Füße der Anwesenden. Als die Messe gelesen war, bestieg Leitenberger die Kanzel und las eine Predigt, die nicht weniger als eine Stunde währte. Es war eine vorgeschriebene Rede, im Strafton gehalten, an durchaus unwürdige, gesunkene Menschen gerichtet.

Die Stimme versagte dem Lesenden oft. Es war ein ältlicher Mann, der müde und abgestumpft, aber nicht hart aussah. Selbst ein durchaus würdiger Priester, teilte er das elende Los der Sträflinge von Niedertal eigentlich vollständig.

Verwendbar und pflichttreu musste er sich hier begraben, wo ein minder verlässlicher, minder geduldiger Mensch viel Unheil hätte stiften können.

Nach dem Gottesdienst versammelten sich alle in einem kleinen, momentan überheizten Zimmer, in dem ein eisernes Öfchen Funken sprühte. Auf langem Holztisch stand das Frühstück in irdenen Näpfen bereit, ein Trank, der den Titel Kaffee mit ebenso viel Recht trug, wie ein Prätendent die Königskrone. Der Haberdasl, der sich mit blitzartiger Schnelligkeit wieder in einen tüchtigen Geschäftsmann verwandelt hatte, zirkulierte mit einem Korb voll Brot, das er verkaufte. Wer nicht zahlen konnte oder wollte, ging ohne Brot aus. Gesenkten Blickes, stumm und hastig frühstückten die Männer, die da in seltsamer Gemeinschaft beisammensaßen. Nur manchmal tauschten sie verstohlen beredte Blicke aus, Blicke, die zu denken gaben.

Etwa neunzehn Personen waren anwesend. Die meisten machten den Eindruck anständiger Menschen, die teils verstört, teils verschüchtert aussahen. Neben Josef saß ein sehr junger Geistlicher, dessen verhärmtes Gesicht einen verzweiflungsvollen Ausdruck trug. Er sah nie auf und aß fast nichts. Sie nannten ihn Wolfermann, den Kaplan von Kirchaming. An der Spitze der Tafel saß gebückt ein alter Mann, der seit fünfundzwanzig Jahren in Niedertal war. Ein Defizientengehalt von geringer Höhe wurde für ihn bezahlt. Seine Schuld war niemandem bekannt. Er war sehr schwächlich und wurde vom Haberdasl tyrannisiert.

Unter seinen Landsleuten, für die das Haus eigentlich allein gestiftet worden war, fand Öttinger keinen, der ihn abgestoßen hätte. Keinen, der das Wahrzeichen des Verbrechens in seinem Blick und Wesen an sich trug. Aber verwundert bemerkte er auch eine Anzahl Priester aus anderen Provinzen hier, hörte er fremde Idiome sprechen. Um das Haus zu füllen, nahm der Vierfacher herein, was er erreichen konnte. Diese fremden Elemente aber muteten nicht an. Andere Bischöfe straften nicht um kleiner Fehler und Verirrungen willen mit einer Haft, die jedem Priester fürs Leben nachhing in seinem Rufe. Sie schickten nur solche nach Niedertal, die sich schwer vergangen hatten. Moralische und geistige Verbrecher saßen unter einer Schar verhältnismäßig schuldloser Männer in Niedertal. Sie verkehrten mit ihnen in engster Gemeinschaft und übten ihren Einfluss aus.

III

Nach dem Frühstück beorderte der Direktor die Sträflinge, sich Papier zu kaufen und an die einzige Beschäftigung zu gehen, die ihnen, außer dem Kirchenbesuch, gestattet war. Sie mussten täglich jeder drei Betrachtungen schreiben, die Vierfacher eingeschickt wurden. Das Papier dazu mussten sie selbst bezahlen. – – –

Öttinger erstand seinen Bedarf bei dem Faktotum und ging in seine Zelle zurück. Dort öffnete er das Fenster weit und ließ die dicke Schneeluft hereinströmen. Er kehrte und fegte selbst den trostlosen Raum, denn der Haberdasl hatte für Staub kein Auge. Er begnügte sich, den elenden Strohsack aufzuschütteln, damit war seinem Begriff von Reinemachen Genüge getan.

Öttinger lehnte sich barhaupt an das Fensterkreuz und starrte hinaus in den Morgen, der langsam, in totenhafter Weiße, über den Mauern emporstieg. Er sah die Landschaft nicht; vor seinen Blicken lag nur der Hof, in dem die Sträflinge täglich ihren einzigen Spaziergang abhielten. Niedertal besaß einen Garten, aber er durfte von den Priestern nicht betreten werden. Nur im Hof, der siebenundzwanzig Schritte an Länge maß, konnten sich die Unglücklichen Bewegung machen.

Endlich schloss Öttinger sein Fenster und suchte die Glut im Ofen noch einmal anzufachen. Er brachte es in seinem Zimmer nie über sechs Grad. Er schürte die Funken in der Asche und blickte in das gelbliche, öde Winterlicht hinaus, das grell seine Wohnstätte überflutete. Ein Strohsack, hölzerner Tisch und Stuhl, vier kahle weiße Wände; das war alles, was sich seinen Blicken darbot. Ihn fror, fror im Innersten seiner Seele. Er dachte an etwas, das er noch getan hatte, ehe er die Strafe in Niedertal antrat, die er selbst über sich heraufbeschworen hatte. Bei seinem Abgang von Galling begehrte er für die seiner Nutznießung zustehenden Gründe einen Schadenersatz, da diese durch zwei Jahre vom Dechant allein benutzt worden waren. Er forderte nur dreißig Gulden. Der Dechant war vor kurzer Zeit gestorben und hatte Vierfacher an hunderttausend Gulden hinterlassen. Öttinger meldete sein Guthaben an. Der Bischof, als Erbe, wies es zurück, mit der Motivierung, dass der Provisor Josef Öttinger ein Gasthaus und genug Geld besitze, um auf diese kleine Summe nicht anzustehen. Als Josef protestierte und auf seiner Forderung bestand, hatte ihn Vierfacher auf den Rechtsweg verwiesen. Öttinger klagte seinen Bischof. Die Sache wickelte sich rasch ab, und der Provisor behielt Recht. Er erhielt das Geld, welches er sogleich zu einem Kirchenbau stiftete. Es war ihm nur um sein Recht zu tun gewesen.

Nun, da er ruhiger geworden und das krasse Elend seiner jetzigen Existenz auf seine Nerven wirkte, dachte Josef daran, dass er sich Carol Vierfacher neuerdings zum erbitterten Feinde gemacht hatte. Das Verhältnis zwischen Vorgesetzten und Untergebenen sollte ein rein objektives sein, das war und blieb die erste Grundbedingung zur Existenzmöglichkeit. Der die Gewalt besaß, durfte nicht Privatempfindungen nachgeben. Der sich unterordnen musste, konnte nicht die Waffen zu einem Zweikampf wählen. Und doch! Wie weit war es gekommen zwischen ihm und dem Manne, der langsam sein ganzes Dasein untergrub.

Diesem Manne hatte er sich durch die anonyme Selbstanklage für immer in die Hand gegeben. Es klang unwahrscheinlich, unmöglich, dass ein vernünftiger Mensch so etwas tun konnte. Und doch. – Er hatte es getan. Aber war er noch ein vernünftiger Mensch? Josef griff sich an die Stirn, in der es so oft hämmerte und tobte, wie besessen.

Die schwere Krankheit und gleich nach ihr die Aufregungen jenes furchtbaren Zusammenbruches in seinem Leben, die Aufenthalte in Cospann und zuletzt in Galling hatten entsetzlich eingewirkt auf den inneren Menschen. Er wusste jetzt, er sagte es sich selbst, dass er sich nicht mehr immer beherrsche, immer angehöre. Es gab Stunden, wo es dunkel wurde in und um ihn, wo etwas Elementares losbrach und ihn tosend fortriss zu wahnsinnigen Handlungen. In solch' einer Stunde hatte er jene selbstvernichtenden Briefe geschrieben, in solcher Stunde sich zum ungleichen Rechtskampf mit dem Vorgesetzten herangewagt.

„Noch ein solcher Sieg, und du bist verloren", raunte ihm die innere Stimme zu, auf die er nicht mehr gerne hörte. In dem Maß, als sein Unglück ihn hart und weltlich machte, trat der geistige Moment in seinem Leben zurück, irdische Leidenschaften erwachten. Er war ein innig frommer, reiner Priester gewesen. Vierfacher weckte den Menschen voll niedriger Triebe in ihm.

Wie sollte das enden? Heute saß er schon im Strafhaus, bescholten als Mensch und Priester, wie sie ihm gestern die Laufbahn abgeschnitten hatten, dass er, als Seelsorger brach gelegt, verkümmerte.

Was würde morgen geschehen? Es ging so reißend abwärts mit ihm, dass er sich wie vom Schwindel ergriffen fühlte. Jene anonyme Anklage in Vierfachers Hand? Und wenn Öttinger auch beweisen konnte, dass er sie selbst geschrieben! Das mochte gelten für einen kleinen Kreis Eingeweihter vielleicht. Für die große Menge war er ein Mann, der Schaden genommen hatte in seiner Ehre.

IV

Taumelnd, wie ein Trunkener, erhob er sich endlich und setzte sich an den Tisch, um zu schreiben. Er tat es, um dem Fiebern zu entfliehen, das die Gedanken in seinem Hirn entfesselten.

Da lagen die weißen Blätter. Eine Betrachtung sollte er schreiben. Eine Betrachtung über seinen Fall. Er lachte laut auf und ließ den Kopf in die Hände sinken. Sein Fall! Ja, wo war der. Was war er? Ein sündhaftes, im Frevel entworfenes Phantasiegebilde.

O Gott! Was in der Phantasie begann und nun alle Gedanken beschäftigen sollte, es konnte enden als Tat, ausreifen zur begangenen Schuld im Leben. Wie viele Menschen s eines Standes gab es, auf denen die furchtbaren Verirrungen eines Augenblicks lasteten, Sünden, die begangen werden können, doch kaum genannt!

Es war der grelle Rückschlag in ihren Empfindungen, der Sturz von reiner Höhe in Gottes Näh' hinab in die

Abgründe des Lebens. Es war der Missbrauch, den man mit ihnen trieb, der solche Verirrungen zeugte. Wer hoch steht, fällt am tiefsten, wenn er den Boden unter sich verliert.

Es war das Harte, Unnatürliche in ihrem einsamen Los, das Sünden heraufbeschwor, von denen man sich mit Abscheu wendet. Wäre ihr Herr und Vorgesetzter ihnen ein Freund gewesen! Dann, ja dann! Etwas Menschliches muss der Mensch haben, an dem er sich festhält. Hätten sie vertrauen dürfen an einer Stelle! Auf eine Hand sich stützen, um sicher ihres Weges zu gehen, dann wäre vieles anders gewesen. Aber sie standen allein. Ungerechtigkeit machte sie haltlos und lähmte ihre Begeisterung zum Priestertum. So kam es, dass es unter ihnen Männer gab, die tief gesunken waren.

Es gibt ein Unglück, das Schuld erzeugt.

Öttinger dachte nach über seinen Fall. Es war das erste Mal in seinem ganzen Leben, dass er sich eingehend in den Gedanken einer Schuld vertiefte. Bis jetzt hatte er im strengen Selbsterhaltungstrieb schlechte oder aufregende Lektüre vermieden und ängstlich an einer etwas engen, nüchternen Lebensauffassung festgehalten. Was ihm das Gasthausleben vor allem unerträglich gemacht, das war die zynische Rohheit in Scherz und Wort, der freie Verkehr, der dort so viele seiner Kollegen ins Unglück gestürzt hatte. Ein junger Mensch musste verkommen, wenn ihm statt eines Heims solch' eine Atmosphäre geboten, ja aufgedrungen wurde.

Die Betrachtung durfte nichts anderes behandeln, als die Schuld des einzelnen, seinen Straffall. Öttinger kam sich wie ein Romanschreiber vor. Er schloss die Augen und suchte Reflexionen auszugestalten, über etwas, das nicht gewesen war, etwas Geheimnisvolles, Verlockendes, die Sünde. Und die Sache gewann Reiz für ihn. Sie lenkte die

Richtung seiner Gedanken in neue Bahnen, die zu betreten leichter fiel, als sie zu verlassen.

Dieser merkwürdige Moment, da er psychologisch in den Details einer Schuld schwelgte, welche er sich erst ausmalen musste, um es wahrscheinlich zu machen, dass er sie begangen hatte, dieser sonderbare Betrug mit seinen Konsequenzen war die schwerwiegendste Krisis in seiner Existenz.

Eine wahnsinnige, durch die Verzweiflung des totgehetzten Menschen möglich gewordene Tat griff umgestaltend in sein eigenstes Leben ein. Die Lüge, die Todsünde wider sich selbst.

V

Er hatte die Betrachtung geschrieben, ganz fließend geschrieben. Jetzt las er sie durch mit fliegendem Puls und fieberglühenden Wangen. Die Kälte, der Hunger waren vergessen. Hochgradige Aufregung gor in Josefs Blut. Es war ihm, als sei er ein ganz neuer Mensch geworden. Ein Mensch, der sündigen konnte. Man nahm es ja schon an von ihm, er war dafür in Strafhaft. Alles war da, nur die Tat selbst, die Schuld mit ihren Freuden, ihrem Genusse, die fehlte. War das nicht wahnwitzig? Unwürdig eines denkenden Menschen? War es nicht possenhaft? – – Das hatte er aufgeschrieben. „So kam ich auf irre Wege, so empfand ich, so dacht' ich. Ich, Josef Öttinger, der Diözesenhund."

Eine unbeschreibliche Stimmung war es, in die der unselige Mensch geriet. Er las sich laut vor, was er geschrieben. Es prickelte ihm in jedem Nerv. Er erlebte, was nicht alle erleben. Seines war kein Alltagsschicksal mehr. Als es zu Tisch läutete, lieferte er seine Schrift dem Direktor ab. Der hatte sie nach W. zu senden. – –

Im Speisezimmer, das weder gekehrt noch abgestaubt war, versammelten sich alle um den Tisch zur Mahlzeit. Es war nicht gedeckt, neben Zinntellern lag Holzbesteck, standen grobe Trinkbecher.

Das Mahl war kurz, dürftig. Eine Wassersuppe, eine kleine Ration Kuhfleisch mit schwarzem Knödel und Kraut oder einem anderen Gemüse wurde jedem gleichmäßig zugeteilt. Kein Getränk. Der Direktor las vor aus der Nachfolge Christi. Die unnennbar schönen, einfachen Worte klangen melancholisch durch den engen, öden Raum an die Ohren dieser trostlosen Tischrunde. Sie erreichten wohl kaum bei einem hier das Herz, das hier versteinte. Ein paar der Essenden flüsterten zusammen, andere lachten, stießen einander an und trieben Possen. Es war, als seien sie wieder Schulknaben geworden. Nur trug ihre Heiterkeit einen erzwungenen, tückischen Charakter. Sie stimmten Josef maßlos traurig. Der bleiche, junge Priester neben ihm saß da wie ein Schwerkranker. Er hatte noch fast ein Knabengesicht. Die Augen blickten, als seien sie erstarrt in einem jähen, furchtbaren Schrecken. – – –

Nach Tisch ging es zur Kapelle. Da wurde eine lange Andacht gehalten. Dann stiegen sie hinab in den Hof, in dem sie eine Stunde lang promenieren durften. Die Schneelasten waren zur Seite gefegt, nur von den hohen, entlaubten Eschen rieselten kleine Bäche und Flockenwölkchen. Es war weniger kalt da, als in den Zellen von Niedertal.

Öttinger wanderte allein unermüdlich auf und ab und atmete die Winterluft ein. Seinen jungen Tischnachbar sah er nicht. Zu den anderen, die paarweise auf und ab gingen, mochte er sich nicht gesellen.

Als er wieder hinauf musste in seine Zelle, sah er auf der Stiege den Haberdasl, der mit dem gebrechlichen alten Defizienten Düßler stritt und diesem schließlich einen

Schlag versetzte. Außer sich vor Empörung, stürzte Öttinger auf ihn los.

„Lassen Sie nur, lassen Sie", sagte Düßler, ängstlich die Hände erhebend. „Das kommt öfter vor."

„Recht hat er; just so", rief der Hausknecht, der im Begriff war, in den Souterrainräumen zu verschwinden.

Josef geleitete den alten Mann in seine Stube, dann kehrte er in die eigene Zelle zurück. Die furchtbare Einzelhaft eines langen Winternachmittages senkte sich wieder auf ihn herab. Er hatte keine Bücher und durfte sich nicht beschäftigen. Diese einsamen Stunden waren ein Hauptbestandteil der Strafen von Niedertal. Öttinger kauerte am Fenster, in seinen Mantel gehüllt. Er konnte nicht mehr beten wie früher in stillen Stunden. Es war keine Andacht in ihm, kein Gottvertrauen, nur eine immer wachsende Weltlichkeit. Er knüpfte den Faden seiner Vormittagsbetrachtungen wieder an. Bunte Bilder gaukelten vor seinen Gedanken. Die Männer hier, in dem totenstillen Haus, diese Männer, die wirklich gesündigt hatten, reizten und lockten ihn ebenso sehr an, als sie ihn früher abgestoßen hatten.

Was mochten sie erlebt, wie empfunden haben? In einem traumhaften Zustand verbrachte er die Stunden, bis ihn der Hunger trieb, sich vom Hausknecht Brot und Wein zur Vesper zu kaufen. Dann ging es wieder zur Kirche und zum frühen Abendbrot, das nur aus einer Suppe bestand. Die Kälte in den Räumen war auf 20 Grad gestiegen.

VI

Kaum sieben Uhr war es, und er saß wieder allein in der furchtbaren Einsamkeit seiner Zelle. Jeder Nerv in ihm zitterte, die mangelhafte Nahrung, der abnorme Gedankenzustand machten ihn nervös bis zur Unzurechnungsfähigkeit. Er hätte laut aufschreien mögen, sich zu Boden werfen und das Haar ausraufen. Er grub sich die Nägel ins Fleisch, bis der körperliche Schmerz ihm wohltat. Das Fenster riss er auf, die hereinströmende Luft konnte ihm nicht eisig genug sein. Und er schlug mit der Stirne gegen die feuchte Wand.

Es schneite nicht mehr, der Himmel glitzerte mit Sternen bedeckt, wie ein weiter leuchtender Königsmantel, draußen knirschte der hohe Neuschnee in der festen Kälte. Im Märchengewand standen die Bäume. Ein rasendes Freiheitssehnen packte den einsamen Mann. Er rüttelte an den Fensterstäben. Gefangen! Gefangen! – – –

Da hub im Dorf, weit unten, eine Glocke zu läuten an. Die klare kalte Luft trug jeden Ton herüber. Es klang feierlich, klang süß wie ein Choral, es war voll Menschenhoffnung und Gottesfreude. Sie läuteten den Weihnachtsabend ein. – Das war weit draußen, wo Menschen wohnten. Hier in Niedertal, da gab es keine Weihnacht für die Geweihten des Herrn. Für seine Priester hier war sein Sohn nicht geboren.

Josef kniete vor dem Fenster, den Kopf auf das Brett gestützt. Der Bann schwüler Gedanken war bei dem Glockenton von ihm gewichen, diesem Ton, der das hohe Lied der Gottesliebe zum Menschen sang. Eine große Schwäche, etwas kindlich Hilfloses überflutete plötzlich den Menschen, der da einsam mit sich rang.

Weihnachten, der Abend, wo die Liebe überall wärmer leuchtet. Wo das Kind sich lehnt an der Mutter Brust und die Freude zu geben hingeht über alle Herzen, denn der Ewige gab sein Eines und Bestes; er gab sein Kind. Josef bebte in zuckendem Herzweh. Er suchte in seinen Erinnerungen alles zusammen, was ihm Liebes und Lichtes war erwiesen worden im Laufe des Lebens. Er baute es sich auf als Weihegeschenk. Nur die Vergangenheit lud er zu Gast, nicht die Zukunft. Er dachte des Vaters. Wenn der nur geborgen war im warmen Nest, im teuer erkauften. Lang hatten die Seinen keine Nachricht gegeben. Aber viel zu schreiben war nicht ihre Art. – – –

Er betete für seinen Vater. – – –

Noch bebte auf seinen Lippen das fromme Wort, da hörte er nebenan einen Ton, wie ein heißes, furchtbares Schluchzen. Es schien aus den Tiefen der gemarterten Menschenbrust zu dringen. Unheimlich zitterte der Wehlaut des Leides durch die stille Nacht.

Ein Etwas, das stärker war als er, trieb Öttinger aufzustehen und hinüberzugehen. Die Zelle neben ihm war unversperrt. Er trat ein, hastig, ohne zu klopfen. Die Talgkerze, die jede Zelle beleuchtete, brannte nicht. Statt ihrer stand auf dem Tisch ein kleiner Tannenbaum, besteckt mit einigen Lichtern. Unter ihm standen ein Kreuz und ein Marienbild. Ein kleiner geladener Revolver lag daneben. Und auf dem Fußboden hingestreckt, weinend, zugleich wie ein Kind und wie ein Mann mit gebrochenen Lebenskräften, lag Wolfermann, der blutjunge Kaplan von Kirchaming. Josef kniete still bei ihm nieder und fasste seine Hand.

„Weine nicht", sagte er, „es ist Weihnacht heute!"

Der andere schrak empor und starrte ihn finster an. „Weihnacht!", schrie er dann auf. „Weihnacht!"

VII

Eine halbe Stunde war in schlichtem Zuspruch, geduldigem Trostwort verflossen. Sie hatte beiden wohlgetan. Dem einen, dass er wieder einmal Trost spenden durfte, wie es dem Priester ziemt, dem anderen, dass er sich aussprechen konnte. Denn er war fast noch ein Kind, ein leidenschaftliches, junges Gemüt voll Feuer und Sehnsucht.

Nun lag er matt auf seinem Bett ausgestreckt und Öttinger saß bei ihm. An dem Bäumchen brannte noch eine Kerze, sonst war es dunkel im Zimmer. Die Glocke läutete nicht mehr und draußen stand der Mond goldig schimmernd am blassen Nachthimmel.

„Was wolltest du mit dem Revolver?", fragte Öttinger sanft den jungen Mann.

„Ich wollte mich erschießen."

„Großer Gott! Du – ein Geweihter!"

Josef stand auf und ergriff die Waffe. Er trug sie hinaus und verwahrte sie. Dann kehrte er zurück in Wolfermanns Zelle. Der lag auf dem Bett wie ein Toter. Nur die verweinten Augen brannten ihm im wachsbleichen Gesicht.

„Warum wolltest du solchen Frevel begehen?", fragte Öttinger still.

„Weil ich hier bin in Niedertal."

„Drückt dich so schwere Sünde?"

„Ich bin unschuldig hier. Wenn du wüsstest, warum ich herkam! Wenn du wüsstest! Es ist ja unfassbar. Ich will dir's auf das Kreuz beschwören, sonst glaubst du nicht, was ich dir erzählen will."

„Erzähle. Ich glaube dir."

„Ich bin erst vor kurzem Kaplan geworden. Meine Eltern sind fromme, strenge Förstersleute auf dem Gut der Prinzessin V. Die Prinzessin ist sehr fromm. Sie bestimmte die Meinen, mich geistlich zu machen. Und ich war inbrünstig gläubig. Mit dem Herzen empfing ich die Weihen. Ich hatte Protektion, die den Neid erweckte. Sie gaben mich nach Kirchaming als Kaplan. Es ist ein guter Posten, auf dem ich mich glücklich fühlte. Eines Tages besuchte ich den Pfarrer der Nachbargemeinde. Bei ihm fand ich einen einstigen Kollegen vor, der noch nicht so weit war als ich.

Er hatte schlecht studiert und sich durch Doppelzüngigkeit verhasst gemacht. Es war mir peinlich, ihn wiederzusehen, denn ich wusste, dass er mich hasste. Doch kam er mir bei diesem Wiedersehen sehr freundlich entgegen. – Ich verspätete mich, es dunkelte schon, als ich mich auf den Heimweg machte. Der Waldweg war schmal und schlüpfrig, es brach ein heftiges Gewitter los. Der Regen stürzte in Strömen herab. Ich bin sehr kurzsichtig und trug Augengläser, die der Regen vollständig trübte. So verlor ich meine Richtung, glitt aus und stürzte in einen Graben, der bereits mit Wasser und nasser Erdmasse gefüllt war. Ich verletzte mich nicht, aber es dauerte längere Zeit, bis ich mich herausarbeiten konnte. Dann fand ich mich über und über derart mit Schmutz bedeckt, dass ich nicht so den weiteren Weg heimgehen konnte. Ich kehrte um und ging in das Pfarrhaus zurück, wo ich zu Gast gewesen, um mir trockene Kleider zu erbitten. Als Schmid, der erwähnte Kollege, mich sah, stutzte er sehr überrascht und maß mich mit spöttischen Blicken. ‚Was? Sie, Herr Kaplan? In was für einem Zustand!' Nach meinem Bericht schüttelte er lachend den Kopf. ‚Sie sehen aus, als hätten Sie in einer Schenke Station gemacht und dort die Klarheit Ihres Hirnes eingebüßt, eh' Sie den Heimweg fortsetzten.' So sagte Schmid. Damals legte ich diesen Worten keine Wichtigkeit bei; ich wechselte die Kleider und ging heim. Wirst du es glauben, Provisor! Wenige Tage nach diesem Vorfall erhielt mein Pfarrer ein amtliches Schreiben des Inhaltes: Ich, Kaspar Wolfermann, der Kaplan von Kirchaming, habe sofort für unbestimmte Zeit in Strafe nach Niedertal abzugehen, da es erwiesen sei, dass ich mich heimlich bis zur Sinnlosigkeit dem Trunke ergebe. Mein Pfarrer selbst wurde scharf getadelt, dass er so wenig aufmerksam auf mich gewesen sei. Er war sehr betreten bei der Lektüre dieses amtlichen Schriftstückes. Aber er schwieg, widersprach nicht und beugte sich. Er war ein erfahrener Mann. Angesichts meiner wahnsinnigen Erregung, meiner Verzweiflung, die ich dir nicht schildern kann, denn ich bin ein ehrgeiziger Mensch, der alles für seine Laufbahn einsetzte, angesichts meines himmelschreienden Elends schwieg er scheu. Ich kann ihn dafür nicht einmal so erbarmungslos richten. Aber ich war wie von Sinnen, sag' ich dir. Die Sache verbreitete sich rasch: Der junge Kaplan von Kirchaming, der begünstigte Schützling vornehmer Leute, ist ein Säufer und muss als Sträfling nach Niedertal. Ich kam in die Zeitungen. Meine Eltern, deren Stolz ich gewesen, wandten sich von mir. Der Fleck auf meiner Ehre zerstörte meine ganze Zukunft. Und weißt du, was Carol Vierfacher tat, nachdem ich mir den Eintritt bei ihm erzwungen, ihm halb wahnwitzig meine Geschichte und den Namen meines Verleumders vorgetragen hatte? Er begab sich ins Seminar, ließ alle Alumnen sich versammeln, und ihnen erzählte er in drohendem Strafton die Geschichte des Trunkenboldes Kaspar Wolfermann, des jüngsten Sträflings von Niedertal. Dann kam ich her. Mein guter Ruf ist vernichtet. Und ich soll weiterleben, Josef Öttinger, soll weiter Priester sein?"

Josef legte beruhigend seine Hand auf die Stirne des rasend Erregten. Er zitterte selbst am ganzen Leib, so heftig hatte ihn die Erzählung ergriffen.

„Meine Eltern, deren Abgott und Hoffnung ich war, haben sich von mir gewendet. Sie glauben nicht mehr an mich, sie glauben dem Bischof. Das Laster der Trunksucht schleicht ja genugsam ein unter der niederen Geistlichkeit, weil sie heimatlos dreimal täglich im Gasthaus ihre Verpflegung suchen muss. Warum sollte nicht auch ich ihm erliegen? Ich sage dir, es tobt in meiner Brust ein Etwas, das mich zum Schurken, zum Mörder machen könnte. Ich bin wie der Soldat, der tapfer gekämpft hat in der Schlacht und dann feig erklärt wird, statt ein Ehrenzeichen zu erhalten.

Ich bin aus meiner Bahn gelenkt. In mir gärt eine Wildheit, die mich zu einer Untat treiben könnte. Es ist besser, ich mache ein Ende."

„Trag' es, wie Christus die Schmach ertrug, die die Pharisäer auf ihn häuften. Du bist nicht der einzige deines Schicksals, Wolfermann!", sagte Öttinger mit bebender Stimme. –
Ihre Hände schlossen sich ineinander in festem Druck. Die kleine Tanne knisterte leise. Wald- und Christnachtduft schwebte durch die Zelle, wie ein Gottesgruß.

„Heut' vor einem Jahre feierte ich bei meinen Eltern die Weihnacht. Sie liebten mich. Vor mir lag die Zukunft, ein reines, reiches Priesterleben. Und nun! Dies Leben mit all' seinen Hoffnungen zerstört durch den Hass eines Neiders! Ungehört vernichtet! Wer, der unser Schicksal kennt, möchte noch Priester sein?" – – –

VIII

Erst gegen Mitternacht stand Josef auf, um den Menschen zu verlassen, der in unnennbaren Qualen mit seinem Schicksal rang.

„Du versprichst im Namen Gottes, dass du hier in Niedertal keine sündige Tat der Verzweiflung mehr wagen wirst", sagte er mit tiefem Ernst.

Wolfermann nickte wortlos. Er war ganz erschöpft von den letzten Stunden.

Trotzdem erhob er sich, um Öttinger das Geleit zu geben. Sie hatten das Licht verlöscht und öffneten leise die Türe. Auch der Gang lag dunkel, kaum von ein paar Streifen des Mondlichts stellenweise erhellt, das sich durch die vergitterten Fenster einen Weg bahnte.

Die beiden Geistlichen hatten eben die Türe halb geöffnet, Josef wollte hinaustreten, da glitt plötzlich sehr rasch eine Gestalt von einer der letzten Zellen am Gangende heran und wollte an ihnen vorbei. Sie verrieten sich durch einen unterdrückten Ausruf. Die Gestalt blieb stehen, hob eine sehr kleine Laterne, die sie unter dem Mantel verborgen hielt, und leuchtete ihnen ins Gesicht.

„Dworak ist's, der böhmische Priester", sagte Wolfermann unwillkürlich. Der andere kam nicht aus der Fassung.

„Und ihr besucht euch einander des Nachts auf den Zellen", sagte er. „Das ist streng verboten."

„Nicht so streng, als einen sogenannten verlorenen Schlüssel zu stehlen und sich des Nachts aus dem Haus zu schleichen", erwiderte Kaspar trotzig; der andere lachte auf.

„Na, ihr werdet den Mund halten. Und ich dito. Gute Nacht auch." Er verbarg das Licht und eilte weiter, wie eine Katze, geräuschlos und geschickt glitt er über die Wendeltreppe und verlor sich im Dunkel.

Öttinger trat hastig in Kaspars Zelle zurück. „Wohin geht er?", fragte er atemlos.

„Frage lieber nicht", sagte Wolfermann beklommen. Dann, nach einer Pause, während sie sich scheu ansahen: „Er schleicht sich hinunter in die verrufene Talschenke. So entschädigt er sich für das Leben hier. Nun hör' ich ihn schon fast jede Nacht. Ich vermute, der Haberdasl weiß es. Aber Dworak hat Geld. Ich halte ihn für einen Menschen, der durch viel Unglück schlecht und zynisch geworden ist. Er stiftet hier Unheil. Diese Einflüsse überhaupt! Diese Einflüsse! Man soll sich hier bessern und ist unter schlechten Menschen!"

IX

Die Vorgänge der Nacht hatten Josef heftig erregt. Er wechselte die Farbe, als sich am nächsten Nachmittag beim Spaziergang Dworak unbefangen, wie ein alter Bekannter, zu ihm gesellte. „Besondere Momente, die man gemeinsam verlebt, bringen einander schnell zusammen", bemerkte er mit spöttischem Lächeln, Josef keck in die Augen sehend. „Ich weiß zu plaudern, lassen Sie sich meine Begleitung gefallen." Und ohne eine Antwort abzuwarten, schritt er neben dem Fassungslosen her. Er war viel jünger als Öttinger, aber ihm bedeutend überlegen.

„Erzählen Sie mir Ihren Fall", sagte er. Und, da Josef heftig verneinte: „Nicht? Also nicht, aber Sie tun Unrecht. Es geht nichts über den angenehmen Nervenaufruhr, sich frei auszureden. Sie werden noch darauf kommen." Dworak sprach fließend Deutsch mit hart böhmischem Akzent. Er zeigte sich sogleich als politischer Deutschenhasser, schien sehr belesen und vielgereist. Er wusste ein Gespräch in Fluss zu halten, auch wenn ihm niemand sekundierte. Wider Willen fasziniert, lauschte Josef seinen Worten. Nicht vielen im niederen Klerus wird die Möglichkeit geboten, sich eine umfassende Bildung anzueignen, so wohltuend ihnen diese auch über viele andere Entbehrungen hinweghelfen würde. Man hält die jungen empfänglichen Geister nieder und bannt sie auf einen schmalen Geistesweg. Der sogenannte aufgeklärte Priester muss sich sein Wissen auf gefährlichen Umwegen verschaffen, die nur zu oft die Reinheit seiner Weihen trüben. Dworak war ein solcher Mensch, der viel gelesen, gesehen und gelebt hatte. Er sprach mit einer trockenen Objektivität über seinen Beruf, die Josef schaudern machte. Etwas wie Ironie, die harte Ironie einer zynischen Weltanschauung, zuckte oft in Meinungen empor, die er äußerte. Er hatte ein geistig belebtes, aber rohes Gesicht, dessen veränderlicher Ausdruck Öttinger frappierte. Bei Tisch hatte er in sich gekehrt, gebeugt und stumm wie ein Büßer dagesessen. Jetzt funkelten in seinen Augen kecke Lebensluft, Übermut und Bosheit. Er redete viel und laut, dabei seinen Begleiter mit prüfenden Blicken beobachtend. Plötzlich veränderte sich sein Gesicht, die trotzig aufgerichtete Gestalt sank in sich zusammen. Er schlug die Augen nieder, um seinen Mund lagerte sich ein trüber Ausdruck. Josef war sehr verwundert, dann begriff er plötzlich: der Direktor schritt über den Hof. Er kam an den beiden vorbei und blieb stehen. Über sein ermüdetes Gesicht glitt ein Ausdruck des Wohlwollens, als sich Dworak demütig auf seine Hand beugte.

„Das ist recht", sagte er ernst zu dem steif und befangen dastehenden Öttinger. „Halten Sie sich an diesen Mann. Er ist der Bußfertigste der Sünder in Niedertal und kann Sie nur gut beeinflussen." Damit schritt er weiter.

In Josefs ehrliches Gesicht stieg ein glühendes Rot. Er wagte es nicht, seinem Begleiter ins Gesicht zu blicken.

„So wird's gemacht", sagte der halblaut vor sich hin. Dann begann er sogleich ein fesselndes Gespräch über eine Reise nach Jerusalem, die er gemacht hatte. Die Wunder des Heiligen Landes stiegen in seinen beredten Worten lebendig vor Josef empor. Er konnte sich von dem gefährlichen Menschen nicht losreißen. Und so machte er sich des Vergehens schuldig, als Priester mit einem Manne Umgang zu pflegen, der unwürdig war. Er gehorchte wider seine bessere Überzeugung einer Versuchung.

Als er nach abgelaufenem Spaziergang hinaufging und Wolfermann besuchte, der krank zu Bette lag, war er von den neuen Eindrücken wie betäubt. Kaspars Wesen, das in Stunden, wo er weniger litt, unendlich schön zutage trat, wirkte auf ihn erlösend und vorwurfsvoll zugleich. Seit seiner Aussprache mit Josef war der Kaplan von Kirchaming ruhiger, er betete viel, auch wenn Körperschwäche ihn auf sein Lager bannte. Und er schrieb an seine Mutter, heiße Tränen fielen auf das Blatt.

„Weltpriester bleibe ich nicht", sagte er zu Öttinger. „Ich bin herausgeworfen aus meiner Bahn. Ich trete nicht vor den Altar, Menschenhass im Herzen. Ich muss sehen, wie ich mit mir zurechtkomme, muss nachdenken. Mein Gott wird mir die rechten Wege weisen."

X

So gingen die Tage hin, Josef zählte sie, wie sie sich aneinanderreihten. Hunger, Kälte und Einsamkeit, die furchtbare Weltabgeschlossenheit ohne frische Luft und genügende Bewegung wirkten immer mehr zerrüttend auf sein Nervensystem. Er schlief nicht mehr, lag nächtelang wach in Halluzinationen des überreizten Gehirns. Er hatte Ausbrüche von Jähzorn gegen sich selbst.

Es war seltsam, der junge Wolfermann, er fand sich wieder. Es war, als sei jene Nacht, in der er sich töten wollte, die Krisis seiner Seele gewesen, ein Wendepunkt. Die Mutter antwortete auf sein Schreiben, er weinte wie ein Kind über ihren Brief. Stundenlang kniete er in der kalten Kapelle, den leuchtenden Blick emporgewandt. Etwas Rührendes, Großes trat in dem jungen Menschen zutage, während es mit Josef Öttinger abwärts ging. An die Zukunft zu denken wagte der nicht mehr. Was würde der Bischof über ihn verhängen? Welch' schreckliche Strafhaften suchte er für ihn aus? Das Maß war voll, er konnte nichts mehr ertragen. Er wollte nicht nachdenken und suchte sich zu betäuben. Betäubung fand er in dem Umgang mit Dworak, der suchte ihn auf, mehr und mehr. Josef ging ihm nicht nach, aber er ließ sich finden. Er las die Bücher, die der Böhme ihm lieh. Es waren Romane, philosophische und humoristische Schriften, die teils verboten waren, teils wenig bekannt. Seine Gedanken lenkten immer mehr in völlig neue Bahnen ein. Die Gespräche über Welt und Leben machten sein Blut rascher fließen. Es war etwas Dämonisches in dem Manne. Auf Wolfermann blickte Dworak mit Geringschätzung herab. „Er ist ein Kind, ein albernes Bürschchen, mit dem sie alles werden machen können", sagte er einmal.

„Und ich, was bin ich?", fragte Josef, beschämt von diesem Urteil über einen Menschen, dessen hoher Wert täglich mehr zutage trat.

„Sie? Ach, Sie meinen, weil ich Sie so sehr bevorzuge. In Ihnen ist Material."

„Zum Versuchstier?"

„Vielleicht; aber auch zum Werdeprozess, aus dem sich ein denkender, wehrfähiger Mensch herauswächst, der dem Leben sein Teil Genuss abfordert." –

Dworak hatte sich's in seiner Zelle bedeutend behaglicher eingerichtet als die anderen. „Ich bin schon zum dritten Mal da, da lernt man auf Komfort halten, wissen Sie", sagte er zu Öttinger. „Manches lass ich hier in Obhut des Haberdasl, im Fall ich wiederkomme." Er lachte. Sein ungeheurer Zynismus erfüllte den Zuhörer manchmal mit lähmendem Entsetzen. Aber er imponierte ihm. Dworak hatte immer ein gutes Feuer, Schinken, Wein und allerlei Leckerbissen. Unter den Steinen des Fußbodens bewahrte er Bücher und allerlei andere verbotene Dinge auf, wie er Josef lachend zeigte. Manchmal lud er ihn abends zu sich ein und bewirtete ihn. Dann pflegte Wolfermann sehnsüchtig wartend vor seiner Zelle zu stehen.

„Gute Nacht, Öttinger, warst du wieder bei Dworak?"
„Ja."

„Josef! Unglücklicher, ich warne dich vor diesem Menschen." Aber Öttinger war nicht mehr der Mann, der jede Versuchung gepanzert von sich stieß. Er passte sich dem Menschen an, mit dem er verkehrte.

XI

„Kommen Sie doch einmal mit mir des Nachts, seien Sie kein Philister!" So hatte Dworak Öttinger wohl zwanzig Mal zugeraunt. Dieser gewöhnte sich daran, die Worte zu hören, die ihn anfangs augenblicklich in die Flucht gejagt hatten.

„Sie sollen ja nichts Schlimmes tun, gar nichts sollen Sie, Sie Skrupelmännchen! Frische Luft schöpfen, weiter auch gar nichts. Sie verkommen ja hier in den vier Mauern, Sie verkommen, sag' ich Ihnen. Wie Sie aussehen! Wie ein närrisch werdender Asket im vorletzten Stadium."

„Lassen Sie mich in Frieden!", rief Öttinger heftig.

Sie waren allein in Dworaks Zelle. Draußen ging ein wunderbarer Jännernachmittag leuchtend zur Neige.

„Werden Sie nur nicht grob", bemerkte Dworak sarkastisch. Er saß bequem in seinem Stuhl zurückgelehnt und fixierte Öttinger. „Die Sache ist die, Sie leben abnormal in jeder Hinsicht; leben sich nicht aus."

„Darum bin ich eben Priester. Mein Los ist, freudig zu entsagen. Was meinen Sie übrigens eigentlich?"

„Ich – o nichts. Höchstens, dass Sie sich zu wenig Bewegung machen. Sie sind hysterisch, glaub' ich. Es ist zu komisch!"

Josef biss sich die Lippen blutig, um nicht aufzubrausen. Jeden Tag geriet sein Wesen mehr in Aufruhr, als werde es bald unaufhaltsam alle Dämme der Zurückhaltung sprengen.

„Verhöhnen Sie mich nicht immer", sagte er, finster vor sich hinstarrend.

Dworak stand auf und begann auf und ab zu gehen. Plötzlich legte er seine Hand schwer auf die Schulter des gebeugt Dasitzenden.

„Es ist keine Rede von Hohn. Kommen Sie also mit mir heute Abend?"

„Nein! Nein, sag' ich."

„Ich sage, ja!"

„Ich begreife überhaupt gar nicht, wie Sie diese nächtlichen Streifzüge wagen können."

„Ganz einfach. Der Direktor schläft hoch oben im zweiten Stock. Er ist ein müder, stumpfer Mann. Er begnügt sich mit dem, was er sieht. Zu wachsam ist er nicht mehr. Er kann ja keine Karriere mehr machen. An unsere Sündhaftigkeit glaubt er selbst nicht so ganz. Es genügt ihm, dass wir frieren, schlecht essen, Betrachtungen schreiben, moralisch Gefolterte sind, das ist alles korrekt. Er sieht es. Er schöpft keinen Verdacht weiter. Und der Haberdasl, der ist bezahlt dafür, dass er einen Schlüssel verloren hat."

„Und Ihr eigenes Gewissen?"

„Das gestattet mir alles, da man uns widerrechtlich mit einer geistigen Gewalt, die vor keinem weltlichen Gericht standhielte, hier gefangen hält."

„Sie widerrechtlich gefangen?"

Josef hatte es unwillkürlich ausgerufen. Der andere sah ihn scharf an.

„Ah! Also mich halten Sie für einen wirklich Schuldigen!", sagte er langsam. „Und dennoch bin ich Ihnen sehr interessant; fühlen Sie sich zu mir am meisten hingezogen, Josef Öttinger! Wir kommen einander entgegen."

Er sagte es in drohendem Ton. In seinen Augen blitzte Schadenfreude auf. Dann lachte er – sein kurzes, trockenes Lachen – und fuhr fort, auf und ab zu gehen.

Josef erhob sich.

„Ich will Sie nicht länger stören!"

„Also kommen Sie heute mit mir! Das ist kein rechter Gesell, wissen Sie, der nie einen Schelmenstreich gemacht. Ich hole Sie ab; sagen Sie nichts, lieber Freund! Sie sollen nichts, als einen prächtigen Spaziergang in die köstliche Winternacht hinaus machen. Wieder einmal Freiheit einsaugen mit vollatmenden Lungen. Wenn der kristallne Schnee aufknirscht unter dem Schritt des hungrigen Wildes und die Luft bebt vor heller, reiner Kälte, dass sie einen nur so dahinträgt, den Schritt beflügelnd. Sie wissen nicht, wie köstlich das ist. Also, es bleibt dabei, ich werde Sie holen."

XII

Und so geschah's. Gegen elf Uhr war er da. Unhörbar tastete er sich in Josefs Zelle, der wachte angekleidet in fiebernder Aufregung. Und – er ging mit!

„Nur ein Spaziergang", sagte er sich. „Nur ein Waldspaziergang. Ich lechze nach Luft! Freiheit! Es ist nichts Unrechtes, keine Sünde." Damit beruhigte er sich. Das Pförtchen des Hofes glitt hinter ihnen ins Schloss. Rüstig stiegen sie abwärts. Als das weite, silberleuchtende Land wieder dalag, frei und schön vor Öttingers Blicken, als die hohen, eisumsponnenen Bäume um ihn raunten und die große Weite sich vor ihm auftat, da fiel er in die Knie, breitete die Arme aus und schluchzte laut. Unheimlich war er anzusehen, wie ein Toter, der aufsteht, das Leben zur Rückkehr zu ihm beschwörend. Vierzehn Tage Gefangenschaft hatten seinen Körper niedergerissen, und sein Geist war hochgradig überreizt.

„Kommen Sie! Kommen Sie!", flüsterte Dworak hastig.

Er blickte auf den Hocherregten mit eigentümlichem Ausdruck, als studiere er ihn.

Am Fuße des Berges stand das Kreuz zwischen den Schächern, an dem Josef gerastet und mit sich gekämpft hatte. Von ihm führte ein Pfad seitab in das Nadelwäldchen, in dem eine kleine Schänke lag, die keinen guten Ruf hatte.

„Bleiben Sie hier oder kommen Sie mit mir ins Tannenwirtshaus?", fragte Dworak scharf.

Öttinger schrak zusammen.

„Ich? Jetzt in ein Gasthaus? Nein! Nein! Ich will Sie hier erwarten. Es tut mir wohl, auf und ab zu gehen."

„Also gut. In einer Stunde."

„Dworak!"

„Was gibt's noch?"

„Wie können Sie jetzt in die Schenke gehen! Was erwartet Sie dort?"

„Lustige Gesellschaft!"

„Lustige Gesellschaft?"

„Ja. Was weiter?"

„Männer?"

„Und vielleicht hübsche Mädchen!"

„Dworak!"

„Was?"

„Sie, ein Priester!"

„Der Ehelosigkeit gelobt hat, nichts weiter. Langweilen Sie mich nicht. Ich zwinge Sie ja nicht mitzukommen." Er ging, sorglos pfeifend.

Öttinger stand leichenblass unter dem Kreuz, von dem der Erlöser auf ihn herabzublicken schien – mit tief anklagendem Vorwurf. Er wandte sich ab. Der anklagende Blick folgte ihm überall. Es wurde ihm wirr vor den Augen. – – –

Als Dworak zurückkehrte, fand er Josef Öttinger ohnmächtig unter dem Kreuz. Mit Mühe brachte er ihn zur Besinnung. Unentdeckt kamen sie heim.

XIII

Wieder eine Woche, die Josef in Niedertal verbrachte, neigte zu Ende. Es war Sonntag. Eine gewisse Aufregung herrschte unter den Korrigenden, denn Pfarrer Dworak hatte „in Anbetracht mustergültigen und reumütigen Verfahrens" die Messe zelebrieren dürfen. Selten war dies einem der Sträflinge gestattet. Wolfermann flehte seit Monaten umsonst um diese Gunst. Alle hatten sie dem Opfer beigewohnt, das der böhmische Priester dem Herrn darbrachte. Der Direktor in gehobener Stimmung in der ersten Bank, Josef in einer der schmalen Seitenbänke neben dem Altar. Sein Blick hing wie magnetisch angezogen an dem Mann, dem er seit jener Nacht mehr als je verfallen war. Dworaks dunkle Augen blitzten zu ihm herüber, während er den heiligen Kelch am Altar erhob. Es durchschauerte Josef wie Todesfrost. Ihm war es, als sei er Mitschuldiger an einem ungeheuren Frevel gegen unseren Herrn. Sein Herzschlag drohte, ihm die Brust zu sprengen.

Als sie die Kapelle verließen, gesellte sich Wolfermann zu ihm. „Dieser, eben dieser darf Gott das Messopfer bringen", sagte er tiefbewegt, „der Heuchler bringt des Herrn heiligen Leib an seine Lippen und ist dein Freund, Öttinger? Ich fass' es nicht!"

„Er ist nicht mein Freund."

„Dein Dämon also, dein Versucher!"

„Lass uns heute nicht von ihm sprechen", sagte Josef matt. „Es war zu viel, ihn am Altar zu sehen."

„Du weißt, dass er nächstens frei wird. Er soll so ergreifende, brillante Betrachtungen geschrieben haben, dass der Bischof von ihnen ganz ergriffen war. Seine Strafzeit ist abgekürzt worden, obschon er wiederholt und schwer gefehlt hat. Er soll nach der Stadt kommen, eine Agitationsschrift zu redigieren. Er ist ein kluger Mensch und weiß – zu überreden." – Öttinger erwiderte nichts.

Als sie ihren einsamen Gang betraten, blieb Wolfermann stehen.

„Auch meine Zeit hier geht zu Ende", sagte er ernst. „Ich bin zu einem Entschluss gekommen."

„Und dieser heißt?"

Bange sah Josef in das edle Gesicht mit den vergrämten Zügen.

„Weltgeistlicher kann ich nicht mehr sein. Auf meine Hoffnungen und Ideale ist ein Reif gefallen. Aber anders zu leben als in Gottes Dienst, Gottes Kleid tragend, ist mir auch nicht möglich. Ich werde eine Probezeit durchmachen und dann in den Karthäuserorden eintreten, um Gott von Angesicht zu Angesicht zu dienen."

Er sagte es einfach, aber seine Stimme klang tief und warm, weltentrückt sah sein Blick über den Freund hinweg. Dieser war tief ergriffen. Stumm standen sie eine Weile in ehrfürchtigen Gedanken.

„Komme mit mir", sagte Wolfermann plötzlich. „Die Welt hat dir nichts mehr zu geben. Vielen Prüfungen bist du nicht mehr gewachsen. Ich sehe etwas in dir sich regen, das mich tief erschreckt. Rette in dir, was zu retten ist. Komm! Lass uns dem Herrn in Frieden und in den Entbehrungen dienen, die den Menschen frei machen von irdischen Lastern. Mit jedem Bedürfnis, das wir überwinden und abstreifen, löst sich eine Kette, die sie abwärts zog, von unserer Seele. Lass uns eines Weges gehen, du vielgeprüfter Mensch. Der Mönch wird glücklicher sein, als es der Priester gewesen."

Öttinger aber schüttelte den Kopf und ging still seines Weges. „Es ist zu spät – auch für das zu spät", sagte er.

XIV

In den Nachmittagsstunden dieses Tages ließ der Direktor Josef rufen.

„Es ist ein Brief für Sie gekommen", sagte er. „Sehen Sie die Schrift an. Von wem ist er?"

„Von meinem Bruder in Ampfing."

„Sie können ihn vor mir lesen. Warum zittern denn Ihre Hände so?"

„Ich weiß nicht, was mit mir ist", stammelte Josef mit erzwungenem Lächeln. „Ich bin so weit gekommen, dass ich vor jeder Nachricht zurückschrecke." Er erbrach den Brief. Ein engbeschriebener Bogen fiel heraus.

„Hochwürdiger Herr Schwager!

Intem dass der Hansl, was Mein Mann ist und dein Bruter Nichd schreiwen kann, Ich abber es dhue so Mus ich tir Leitter müddeilen, dass Mir sint Gesdern ausgepfänted word'n und dass der Vatter schwach is zum Sterbben. Worann der Tokter auch sakt, dass er tengen dhud.

Mirr gönnen das Gasthaus Nichdmer haldden und wann ter Vatter gestorwen is, so müsen wir Ein jedes witter auf arbeit Ausgehen. Und es is das die ursache, das wir jetzt so barterre sein dhun, weil bei der Kirchen seid ein halb'n jahr is noch ein zweit's wirtshaus auf'gmacht Word'n, was der selige Herr Bischoff Nicht wolln erlaub'n had, awer der nicht selige Bischoff jetzt doch auf einmal erlaubt had. Er is seer draurik vür Uns und der Vatter Will dich noch sehen, awer du solst Kleich komen, er is seer schwach. Und der Hansl sagt tu solst Tich awer nie nicht kränggen, indem das schon aso is und er halt ja witter ein Holzgnechd sein wirt. Und Mir hawen es nicht früher geschriewen, von tem neuhen Gasthauß, weil Mir doch noch gehovt hawen, Mir dhun tie Gongurens aushalden.

Awer es is hier nix mehr vür uns, indem ter Pfarrer alle Lende in daß andere wirdshaus schicken dhut, Weil ter noch Nicht seelige Bischoff tich nichd Mögen dhut und also uns auch nicht Weil Mir teine Lende sein dhun. Und weil man nix Maachen kann also is es so, und du sollst gommen. Der Vater will tich noch Sehen. Er dhut immer fragen. Er eild sich auch mit dem sterwen, Weil Mir doch balt vord missen aus das Haus hier.

Also gomme balt und Niir griesen dich alle. Teine dankschultige Schwägerin Agnesia Öttinger."

„Mein Gott, was haben Sie, Öttinger!", rief der Direktor erschreckt. Er hatte Josef beim Lesen nicht beobachtet, sondern aus dem Fenster geblickt. Jetzt wandte er sich um, bei dem Laut, der unheimlich erstickt den Lippen des Kaplans entfuhr. „Was ist geschehen?"

„Was gescheh'n ist? Da lesen Sie, Herr! Carol Vierfacher hat nicht nur mich, hat meine Familie zugrunde gerichtet. Mein alter Vater muss sich mit dem Sterben eilen, sonst hat er kein Dach mehr über seinem Haupt. Lesen Sie. Ich befehle es Ihnen, Herr! Jeder, jeder soll von dieser Sache Kenntnis haben." Öttinger schrie es heraus wie ein Wahnsinniger. Der Direktor erschrak.

„Ruhig! Ruhig! Sie müssen sich fassen", rief er. „Setzen Sie sich dorthin."

Josef taumelte auf einen Sitz. „Lesen Sie, sag' ich."

Der alte Mann las. Er sagte nichts. Er ließ nur das Blatt langsam aus seinen müden Händen zur Erde fallen.

„Sie müssen sich fassen", wiederholte er.

„Sagen Sie etwas anderes. Sagen Sie etwas!"

„Was soll ich sagen, Kaplan. Man muss seine Vorgesetzten nie reizen. Sie haben den Bischof gereizt."

„Sonst haben Sie kein Wort für mich?"

„Ich bemitleide Sie tief."

„So will ich Ihnen etwas sagen. Ich muss fort, nach Ampfing, um meinen sterbenden Vater noch zu sehen. Muss fort noch in dieser Stunde. Und ich werde fortgehen."

„Ich darf Sie nicht gehen lassen."

„Reden Sie kein Wort. Ich gehe doch! Und wenn ich Revolte anzetteln, wenn ich das Haus anzünden müsste, ich gehe noch heute!" Wider seinen Willen erschüttert, sah der Direktor Josef an.

„Mit meiner Einwilligung kann es nicht geschehen. Sie haben noch acht Tage Haft hier."

„Es gibt kein Gesetz, keine Haft, das ein Kind abhalten könnte vom Totenbett seines Vaters. Der alte Mann soll mein Bild rein mit hinübernehmen. Er, wenigstens er! Halten Sie mich nicht zurück. Es hilft nichts."

„Also gehen Sie. Aber gegen meinen Willen. Die Folgen auf Ihr Haupt. Ich muss sogleich dem Bischof Bericht erstatten." – – –

Zwei Stunden später saß Josef schon in der Bahn nach Ampfing. Er hatte von niemandem Abschied genommen, als Flüchtling das Haus verlassen. „Gewaltsam der Haft entflohen", würde man Vierfacher berichten. Dworak war noch in Josefs Zelle gekommen.

„Sie sind verrückt in Ihrer Selbstvernichtung", hatte er gesagt. „Nichts ist verderblicher für den Weg eines Kirchenmannes, als wenn ihm starke Familienduselei anhaftet. Va banque mit Ihnen!"

XV

Va banque, ja. Sein Letztes spielte er aus. Für den Segen des Vaters, die Stunde der Sohnesliebe am Totenbette. Die Hand in der Hand seines Lieblings sollte der Alte hinübergehen, glücklich und wunschlos. Abends langte er in Ampfing an. Er ermannte sich, um niemanden zu erschrecken und ruhig vor den Sterbenden zu treten. Aber er zitterte an allen Gliedern, als er das Gasthaus betrat, das er für die Seinen gekauft hatte. Die überall sichtbaren Spuren des häuslichen Zusammenbruches sah er kaum. Er sah nur den Mann, der ihm bebend die Hände entgegenstreckte. In dieser Stunde küsste ihn der Öttinger Sepp. Er hatte es nicht oft getan im Leben.

„'S wird aus", sagte er. „Weißt, 's wird aus. Is a guat. 'S trifft si' just punkto auf'n richtigen Moment, wo die fort müß'n. Du hättest mir ja a kein Obdach geben können, Josef?"

„Nein, Vater, ich nicht. Noch nicht."

„Noch nicht", wiederholte nachdenklich der Alte. „Is a schene Zeit g'wen für uns zwoa in Habersdorf, mei Bua. G'freut mi', dass i's derlebt hab', so was. Is mei Sonntagszeit g'wen in Leb'n, der Herrgott is guat, er hat's valaubt, so a Zeit." Bang sah er den Sohn an. „I denk' z'rück mit Freud', und du? Schaust schlecht aus, Josef. Schaust aus, wie einer, der z'viel simuliert. Geht's dir schlecht, Josef?"

„Es geht mir nicht sehr gut, Vater."

„Mein's wohl. Bist strafweis in Niedertal! S'is hart. Is a Prüfung, Josef. Muasst's nur aso nehmen, weißt, dürfst nia nicht vazweifeln. Jed'n Tag is an andres Wetter, mei Bua! Aba jetzt, wo dei Straf' aus is, weißt, jetzt hab' i halt a Bitt', die liegt mir schwer auf'n Herzen. Du wirst mi' ins Grab segnen, Josef, mei' Bua. Du wirst mir die Leichenred' halten. Versprich das!"

Öttinger wurde totenblass.

„Versprich's, mei' Bua."

„Wenn es möglich ist, versprech ich's." – – –

Den Sträflingen von Niedertal war jede Ausübung religiöser Zeremonien verboten. Das war das Schwerste von allem, was Josef Öttinger traf.

XVI

Er fuhr in die Stadt in fiebernder Eile. Zum dritten und letzten Male stand er vor Carol Vierfacher.

„Der entflohene Sträfling von Niedertal", sagte dieser vernichtend, als er ihn sah. „Sie haben viel Frechheit, Herr, sich noch vor mir blicken zu lassen." Josef demütigte sich grenzenlos. Er ließ alles ohne Widerspruch über sich ergehen.

„Lassen Sie mich den Vater einsegnen und ihm die Leichenrede halten", flehte er. „Dann, wenn er begraben ist, tun Sie mit mir, was sie wollen." Er warf sich nieder und umfasste Vierfachers Knie. „Wenn Sie an Gott und eine Seligkeit glauben, wenn Sie ein Priester sind, erhören Sie meine Bitte", stammelte er. „Achten Sie das Heilige, den letzten Wunsch eines Sterbenden, den Glauben eines Vaters an seinen Sohn."

„Sie werden Ihren Vater nicht einsegnen. Ich verbiete es Ihnen. Das sei die Strafe für die Flucht aus Niedertal, das Ihre Buße statt der noch abzubüßenden Haft."

XVII

So war es der Pfarrer von Ampfing, der den Öttinger Sepp zur Gruft geleitete. Joseph wohnte dem Begräbnis nicht bei, er konnte nicht, das Aufsehen bei der Bevölkerung war ungeheuer. Der geistliche Sohn weilte im Ort und sprach dem Vater die Leichenrede nicht. Er ging von seines Vaters Sarg als ein Mensch, der sich hart und schlecht geworden fühlte.

Es kam vom Ordinariat ein neues Schreiben. Keine weitere Strafzeit in Niedertal war über Öttinger verhängt worden. Aber er wurde zum Kaplan in dem verlorenen Gebirgsdorf ernannt, in dem er vor zwanzig Jahren in derselben Stellung seine priesterliche Laufbahn begonnen hatte. Damit war er der öffentlichen Missachtung preisgegeben und verlor den letzten inneren Halt.

Öttinger war äußerlich sehr ruhig. Er sah noch den Bruder mit Weib und Kind in die Berge ziehen, zu neuer Knechtesfrone. Dann trat er seinen neuen Posten an. Die Verachtung der Gemeinde war sein Willkommengruß.

„Warum is er noch immer Kaplan, wie vor zwanzig Jahren?" – – –

Schluss

Im Verlaufe des nächsten Jahres schrieb der Bezirksarzt Birner wiederholt an den Kaplan Josef Öttinger in Lierm. Gegen Ende des Jahres erhielt er einen Brief in verwischter, zitternder Schrift.

„Wie es mir geht, fragst Du? Ich gehe hier herum, ein Sträfling, das Brandmal eines unwürdigen Priesters an meiner Stirne. Niemand hört auf mich. Alle höhnen mich mit Verachtung. Ich lebe wie ein Tier. Man stellt mir mein Futter hin wie den Hühnern in der Küche. Ich hänge von der Willkür einer gemeinen Magd ab. Ich bin der Paria der Gemeinde.

Pfarrer Dworak korrespondiert fleißig mit mir. Er hat nur einen Refrain in seinen Briefen. ‚Heuchle und entschädige dich heimlich.' Bis jetzt habe ich sechs Eingaben um Veränderung gemacht. Wenn die letzte nicht in acht Tagen beantwortet und erhört ist, wirst Du öffentlich von mir hören."

Birner erschrak, als er dies Schreiben las. – – –

Ein Monat war vergangen, da wurde dem Arzte eine Zeitung zugesandt. Blau angestrichen fand er darin folgende Stelle: „Josef Öttinger, Kaplan in Lierm, ist wegen eines Vergehens gegen die Moral festgenommen und seiner geistlichen Ehren verlustig erklärt worden. Gleich nach seiner Verhaftung brach der Irrsinn bei dem Unglücklichen aus, der sich bereits in der Irrenanstalt N. in Pflege befindet."

Gustav Birner ließ das Blatt sinken. Er schlug die Hände vors Gesicht und weinte bitterlich. – – –

Er fuhr nach N. und begehrte Öttinger zu sehen. Der Irrsinnige erkannte ihn. Er lächelte ihn an.

„Morgen ist meine Priesterweihe", sagte er wichtig. „Ja, Gustav, morgen. Es ist schön hier im Priesterhaus. Aber mit dir soll ich eigentlich nicht reden. Komm in die Kirche morgen, wenn sie mich weihen. Ich werde für dich beten, ich, der Priester des Herrn! O, dass es schon morgen wäre!"

Selig lächelnd begann er Gebete zu murmeln. – – –

Der Irrenarzt begleitete Birner hinaus.

„Armer Mensch!", sagte er. „Er muss entsetzlich gelitten haben. Sein Hirn war in einem Zustand, der uns erschreckte. Jetzt ist er besser."

„Aber nicht heilbar?"

„Ich halte ihn für heilbar."

„Mein Gott! Und was dann? Ich hege keinen anderen Wunsch für Josef Öttinger, als dass er unheilbar wäre. Sie haben seine Existenz in Trümmer geschlagen. Wieder aufbauen kann er die nicht mehr."